웃지말아요. 셰익스피어

웃지말아요. 셰익스피어

전선아

바른북스

목차

호두과자가
세상에서
제일 좋아

2011.10.02. 일요일 노는 날

일요일≠노는 날 ㅜ.ㅜ

일요일=교회 가야 되는 날. 날씨☼☺

PM 3:00

우리 언니는 백조다. 근데 도통 뭘 하고 싶다는 의지가 안 보인다. 오늘은 면접이 있는지 얼굴에 분을 발랐는데 꼭 귀신같다. 안 그래도 흰 얼굴에 저게 뭔 짓인지 모르겠다. 빼빼로처럼 말라서 검은색 옷만 입고 무섭게 잘 웃지도 않는다.

그러니 면접 보는 족족 다 떨어지지. 뭐, 나야 언니 덕에 가기 싫은 교회 안 가서 좋지만 저 앉아 있는 꼴을 보니 또 잘 안된 게 분명하다. 해가 저렇게 쨍쨍한데 언니 위에만 먹구름이 잔뜩 끼었다. 에휴, 곧 비가 내릴 것 같다. 나까지 울고 싶어진다. 그러고 보니 먹구름 낀 사람이 언니 혼자가 아니다.

혜화동 마로니에 공원은 오늘 처음인데 사람이 진짜 많다. 수십 개의 나뭇잎들이 해의 함박웃음에 몸을 바르르 떨며 어쩔 줄 몰라 한다. 저 갈래머리 여자아이는 좋겠다. 엄마, 아빠랑 썬도널드 다녀왔나 보다. 소프트콘 맛있겠다.

칫, 우리 엄마, 아빠는 소프트콘 하나 안 사주고 하늘나라로 여행 갔다. 내가 크면 여행 오랬는데 뭘 타고 가야 하는지 모르겠다. 진짜 너무하다. 여행이 그렇게 좋은가? 편지라도 좀 하든가. 밥 열심히 먹고 얼른 커서 엄마, 아빠 만나러 가고 싶다. 만나면 제일 먼저 소프트콘 사달라고 할 테다. 아, 아니 호두과자 사달래고 다음에 소프트콘 사달래야지. 힝, 내 머리 위에 비가 내릴 것 같다. 응? 언니 머리 위에는 벌써 비가 한 방울씩 떨어지기 시작했다.

PM 1:40 혜화역 썬도널드

아인은 심호흡을 크게 한번 쉬고는 썬도널드의 문을 열고 들어섰다.

"짱그르릉." "안녕하세요, 썬도널드입니다."

문 위에 매달린 종소리가 크게 울리는 것이 신경 쓰이는지 보일 듯 말 듯 미간을 찌푸리고는 곧장 카운터로 향했다.

"안녕하세요, 저기……."

주말인 데다 막 점심시간이 지난 시간이라 아직 주문하려는 손님들로 북적거렸기 때문에 아인의 작은 목소리가 들릴 리 없었다.

"빅썬세트 주세요."

"소프트콘 주세요."

[두둥두둥……. 때때랩때때때. 모든 것이 때때때가 있는 거니까.]

"다음 고객님 도와드리겠습니다."

[가자, 가자, 어서 가자. 막혔을 땐 돌아가자.]

"어……. 앉을 자리가 없네. 조금 기다릴까?"

"자기야, 여기야!"

"저기 줄 봐. 좀 사람 빠지면 가자."

약속된 면접 시간보다 20분 일찍 온 터라 아인은 더 이상 직원에게 말 붙이지 못하고 가게 한쪽에 뻘쭘하게 서 있었다.

그녀 옆의 'SELF BAR'에는 직원들이 미처 정리하지 못한 쓰레기들이 지저분하게 넘쳐 나뒹굴었고, 가게 안의 자리는 이미 꽉 찬 데다 사람들의 대화 소리가 시끄럽게 통로까지 메우고 있었다. 가게의 스피커에서는 「슈퍼주니어」의 〈Mr. Simple〉이 흘러나왔다. 그녀는 북적스러운 가게의 모습이 걱정스러운지 조용히 한숨을 내쉬었다.

면접 시간이 다 되어가는데도 주문이 잦아들지 않아 차마 말은 붙이지 못하고서 빤히 직원의 얼굴을 바라보고 있었다.

"손님, 뭐 필요한 거 있으세요?"

"오늘 2시에 면접 보기로 되어 있어서요."

"저기 창가 자리에서 잠시만 기다리세요. 매니저님 불러드릴게요."

"네……에."

직원은 황급히 'SELF BAR'를 정리하고 안으로 사라졌다. 10분이 지나서야 매니저처럼 보이는 직원이 그녀가 있는 창가로 다가와 맞은편 자리에 앉았다. 살집이 조금 있고 후덕해 보이는 인상이었다. 이렇게라도 한숨을 돌리는 것이 기쁜지 활짝 웃고 있었다.

"기다리게 해서 죄송합니다. 보시다시피 상황이 이래서요. 저는 점장 담대기입니다. 조아인 씨 맞으시죠?"

"네. 조아인입니다."

"뭐 하나 마실래요?"

그는 아인의 고양이가 그려진 필통을 보고는 재미있다는 듯 웃었다.

[사랑은 은하수 다방 문 앞에서 만나, 홍차와 냉커피를 마시며…….]

"네, 아니, 괜찮은데……. 바닐라라떼 마실게요."

"우린 바닐라라떼는 메뉴에 없어요. 콜라 마실래요?"

"아니요, 그냥 두세요. 실은 별로 생각이 없어요."

"어디 보자……. 나이가 지금 일하는 친구들보다는 조금 많으세요. 그건 어려 보이시니까 괜찮을 것 같고, 3교대를 하셔야 하구요. 4시간에 30분 휴식이에요. 하루에 음료 하나, 버거 하나 제공되구요. 주 1회 평일 휴무이구요. 최저임금입니다. 4대 보험은 원하시면 가입해드리구요. 이쪽 일 경험은……. 음……. 이 정도면 신입이나 마찬가지예요. S대 철학과 나오셨네요? 근데 왜 이렇게 험한 일 하시려고 하세요. 3개월 지나면 업무평가 후 정직원 지원 가능한데 일하시겠어요?"

[넌 정말 재수 없어. 널 만날 이유 없어. 너 같은 남잔 이 세상에 깔렸어.]

그녀가 망설이듯 뜸을 들이는 사이 그 공백을 민망하게도 「2NE1」의 〈Hate You〉가 메우고 있었다.

"……저기, 전에 패스트푸드점에서 일했었는데 임금조정은 전혀 안 되나요?"

"네, 지금 일하는 친구들도 그렇게 받고 일하고 있어요."

아인은 무슨 생각을 하고 있는 것일까? 면접관을 앞에 두고서 그녀는 생각에 잠긴듯했다. 그게 한참을 멍하니 있는 그녀에게 답답한지 그가 말을 건넸다.

"지금 파트타이머 말고 매니저도 모집 중이에요. 교대할 사람이 필요해서요. 그쪽은 어떠세요? 경력은 안 되시는데 성실해 보여서요."

그는 또 자기가 할 말을 팝콘을 뿜어내는 기계처럼 쏟아내고 있었다.

"……네……. 근데……. 제가 아직 매장을 관리할 정도의 자신이 없어서……. 시간 뺏어서 죄송합니다. 아무래도 안 될 것 같아요."

"아쉽네요. 생각이 그렇다면 하는 수 없죠."

"죄송합니다. 좋은 인연 만나세요."

아인은 살짝 웃어 보이고는 신경에 거슬리는 문소리를 들으며 도망치듯 밖으로 걸어 나왔다.

오후의 햇볕이 지나는 행인들의 머리를 뜨겁게 달구고 있었다. 그녀는 이어폰으로 흘러나오는 「바흐」의 〈아베마리아〉를 들으며 웃으며 지나는 행인들 사이를 걸어 마로니에 공원으로 향했다. 화단의 턱 여기저기 앉아 빵이나 샌드위치 등으로 끼니를 때우는 한 명 한 명을 바라보던 그녀는 금방이라도 눈물을 쏟을 것처럼 두 눈이 젖어 들고 있었다.

그녀가 주저앉은 계단 아래에서 호두과자 냄새가 올라와 굶주리고 지친 그녀의 심신을 뒤흔들며 괴롭게 만들었다. 호두과자를 팔기 위해 분주히 움직이는 그를 한참 지켜보던 아인은 참고 있던 감정이 북받쳐 올라와 눈물을 쏟아내고 말았다.

PM 3:10

아……함. 심심한 건 정말 못 견디겠다. 배가 고파 죽겠는데 호두과자 냄새 때문에 미칠 지경이다. 언니가 자주 듣는 이 아줌마 노래는 너무 하얘서 엄마, 아빠가 자꾸만 생각난다. 그래서 나도 좋다.

저 호두과자 아저씨는 덥지도 않나? 야구 모자를 푹 눌러쓰고 왜 땀을 삐질삐질 흘리는 거지? 어깨가 넓어서 내 두 팔을 다 벌려도 못 잡겠다. 우리 아빠 등도 저럴까? 우와, 손은 무지 빠르다. 꼭 가제트 팔 같다.

호두과자들이 날개가 있다면 날아서 내게 올 수 있을 텐데……. 악!! 배고파! 저 아저씨한테 하나만 달라고 해볼까?

일요일에 다들 놀러 다니는데 왜 저 아저씨는 일하는 거지? 뭐가 저리 좋아서 노래까지 흥얼거리는 거야?

내가 못 살겠다. 언니 눈에 수도꼭지 열려버렸네. 저걸 또 어떻게 잠근대. 내 팔자야. 한번 열리면 한 대야인데 큰일 났네. 혜화동 홍수 나겠다. 사람도 많은데 진짜. 아이 부끄러. 떨어져 있어야지.

응? 근데 아저씨 노래 진짜 잘 부르네. 차이코스프키인가보네.

[나나나 나나나 나나나 나나나나 따라라라라…….]

-「차이코프스키」〈호두까기 인형〉-

"아하하하하……."

"나나나 나나나 나나나 나나나나 따라라라라……."

『자신을 대단치 않은 인간이라 폄하해서는 안 된다.

자신의 인생을 완성시키기 위해 가장 먼저 스스로를 존경하라.

-니체어록 中-』

“한 봉지 주세요.”

“2,000원입니다. 감사합니다. 또 오세요.”

“손님, 냅킨 갖고 가세요.”

방금 호두과자 한 봉지를 판 노아는 기분이 좋은 듯 생긋 웃고는, 호두과자의 틀에 빠른 손놀림으로 반죽을 붓고, 속을 넣고, 다시 반죽을 붓고 틀을 뒤집는 동작을 반복한다. 그러다 열기 때문에 부푼, 귀걸이를 착용한 한쪽 귀가 신경 쓰이는지 자꾸만 손을 올려 은색의 귀걸이를 만지작거렸다. 우람한 그의 덩치와는 어울리지 않는 가늘고 고운 손이다.

일요일인 데다 내일이 공휴일이어서 수입이 괜찮은 모양인지 앞치마의 주머니가 제법 부풀어 있었다. 그는 노래를 흥얼거렸다.

그때, 공원의 한가운데로 단발머리에 오렌지색의 티셔츠 위로 파란색 오버롤 원피스를 입고, 오렌지색 단화를 신은 여자아이가 춤을 추면서 나타났다. 그 아이는 노아의 노랫소리에 맞춰 작은 동작으로 몸을 움직이면서 공원 안을 누비고 다녔다.

그 순간 공원의 모든 나뭇잎들도, 나들이 나온 사람들도, 농구를 하고 있던 학생들도, 아이와 함께 춤을 추기 시작했다. 호두과자들도, 바닥의 낙엽들도, 심지어는 컵에 담긴 물의 원자들이 떨어져 나가 리듬에 맞춰 떠올랐다.

H_2O=◌+○+○ ○☺○ ○◉ ○☢◍ ○☺○◍ ○☺○ ◍○ ○○☺
○◍○ ○◍○ ☺○ ○◉○

햇살을 받은 플라타너스 잎들이 나비가 되어 색가루 꼬리를 늘어뜨리며 공기 속을 느리게 유영하고 있었다.

"앗, 뜨거."

노아는 자신도 모르게 떠오르는 호두과자를 잡으려 뜨거운 틀로 손을 올리고는 깜짝 놀라 소리를 질렀다. 노아는 두 손을 움켜쥐고 괴로워 얼굴을 찌푸렸다.

"아저씨, 괜찮아?"

그의 앞에는 조금 전의 그 아이가 눈망울을 반짝이며 바라보고 있었다.

"아저씨, 괜찮아? 다친 거야?"

"아니, 조금 뎄다."

그는 마시다 만 호가든을 한 모금 들이켜고는 싱긋 웃으며 아이에게 말했다. 생긴 것과는 다르게 소녀 같은 미소를 가지고 있었다.

"니도 마실래? 큭큭. 아니다. 니는 더 크면 마시라."

"그게 뭔데? 음료수 아니야? 나 목마른데……."

"그 니 앞에 물 마시라, 거기 종이컵 있다. 아이가."

"근데, 호두 아저씨 좀 전에 부른 노래 제목 뭐야?"

"아, 그거 내가 만든 긴데, 와, 좋나? 근데 니 「차이코프스키」 아나."

"크크, 당연히 알지. 그걸 왜 몰라?"

"이야, 꼬마가 우째 그걸 아노? 춤도 잘 추고 대단하네."

"어? 나 꼬마 아닌데. 근데 왜 아저씨 나한테 반말해?"

"니도 나한테 반말한다. 아이가."

"응? 나 반말 안 했는데, 아저씨 좀 이상해."

"됐다 고마, 귀찮다. 장사 해야 된다. 저리 가라고마."

"저것 봐, 성질 내는 것 봐. 역시 이상해. 프로이트의 성 심리학에 의하면 아저씨처럼 성질을 버럭버럭 내는 사람들은 어딘가 결핍된 사람이고, 그중 성적결핍일 가능성은 95%? 크큭."

"뭐라카노! 진짜 이상한 꼬마네, 별걸 다 아네."

"내가 좀 철학에는 빠삭하거든. 아저씨 외롭지. 아저씨처럼 귀걸이 한쪽만 뚫은 사람들은 개성이 강해 보이고 싶어 하는 욕구가 강하거나 부족한 뭔가를 그런 액세서리로 채우려는 욕구를 가진, 조금 여리고 섬세한 인간일 확률이 높지."

"아, 요상한 꼬마가 갑자기 나타나서 괴롭히네. 니 뭐꼬."

"나 꼬마 아니랬잖아. 몇 살 차이도 안 나 보이는 구만. 아저씨 머리 위에 먹구름 꼈어. 크크크"

"니 「마그리트」 좋아하나 보네. 진짜 신기한 꼬마네."

"어, 이야, 아저씨, 「마그리트」 아는구나. 아싸! 친구 만났다. 「차이코프스키도」 알고, 아저씨가 더 신기하다. 완전 무식해 보이는데. 근데 이 노래는 누가 부른 거야?"

"「엘튼 존」이라고 위대한 가수 있다. 좋나?"

"응. 근데 나는 좀 전에 아저씨가 부른 노래가 더 좋아."

"맞나?"

노아는 입이 귀에 걸리도록 크게 웃고 있었다.
"크크. 좋아하는 거 봐. 아저씨 인사치레도 모르나 봐."
"아, 이 가스나가. 니 뭐꼬 진짜, 언능 집에 들어가라. 저 앉아 있는 언니 오빠들 안 보이나. 니 그리 놀러 댕기다가 저리 된데이."

"먹구름 낀 언니 오빠들? 우리가 저 사람들 맘속까지 들여다볼 순 없잖아. 지금 우리가 보고 있는 게 전부가 아닐지도 몰라. 그리구 아저씨 '가스나'는 아마 욕일걸?"

"진짜 니 땜에 미치겠다. 뭐 이런기 다 있노."

"그럼 아저씨는 왜 여기 이러고 있어?"

"내는 호두과자가 좋다."

노아의 눈은 좌판 아래 세워진 기타를 보고 있었다.

"나는 호두과자가 세상에서 제일 좋아. 아까 아저씨가 부른 노래 맞지? 우리 엄마, 아빠, 호두과자 사주고 하늘나라 여행 갔는데."
"야……. 맞나……. 니 호두과자 좀 묵을래?"
그는 조심스럽게 말을 건네며 호두과자를 내밀었다.
"뭐냐, 아저씨 나 지금 동정하는 거야? 하나만 먹을래……. 아니 두 개. 우리 언니랑 같이 왔거든. 응? 언니가 어디로 갔지? 어떡해, 집에 갔나 봐. 아저씨 나 갈게. 다음에 봐. 참, 아까 그 노래 진짜 좋아. 그리구 아저씨 웃는 거 진짜 예뻐. 헤헤……. 안녕."

노아는 천사같이 웃으며 손을 흔들고 사라지는 꼬마 아인을 멍하니 바라보다 혼잣말을 했다.

"자 진짜 뭐고……. 흐……. 내 노래가 그리 좋나? 근데 무슨 꼬마가 향수를 뿌리고 다니노. 냄새는 좋네……."

PM 5:00 버스정류장

"나나나 나나나 나나나 나나나나 따라라라라……."

'니 「마그리트」 좋아하나 보네. 진짜 신기한 꼬마네.'

아인은 호두과자가 자꾸만 먹고 싶어졌다.

늦은 오후의 햇살이 버스정류장 깊숙이 들어와 아인의 연보라색 스니커즈를 따뜻하게 감싸 안았다. 버스는 늦어지고 있었다.

"언니, 왜 혼자 실실 웃는 거야. 사람들 쳐다보잖아."

"으응……. 크크……."

"어제는 버스 기다리는 거 싫다더니, 호두과자가 그렇게 맛있어? 어! 언니, 버스, 우리 버스 왔다!!!"

정류장에 있던 사람들이 마치 과자부스러기에 모여든 개미떼처럼 버스에 달려들었다. 버스를 보고 급히 일어서던 아인은 그냥 벤치에 앉았다. 그녀의 얼굴은 느긋하고, 조금은 상기되어 보였다.

"언니, 왜 버스 안 타는 거야. 마귀할멈이 늦게 왔다고 뭐라고 할 텐데."

"저것 봐, 버스가 힘들어하잖아. 다음 버스 금방 와."

"나 기다리는 거 지루한데. 어? 이거 내가 좋아하는 왈츠다."

꼬마 아인은 지루함은 잊은 채 일어나 쇼팽의 왈츠 [69-1 내림 가장조 고별]에 맞춰 춤을 추기 시작했다.

"크크크. 야아. 가만있어 좀."

"아하하하하."

혜화의 하늘은 아인의 미소와 함께 발갛게 노래 부르기 시작했다.

PM 7:00 아인의 고모네

"야, 까망백조, 저녁 먹으러 내려오래. ㅋㅋ 너 면접 또 떨어졌다며."

"너 내가 반말하지 말랬지. 금방 내려갈게."

'어우, 저걸 그냥. 마귀할멈 아들=사악함×사악함+멍청함+더러움이다.

쟤는 툭하면 옥상으로 올라와서 마귀할멈 몰래 술 마시고, 담배 피우고, 친구들 데리고 와서 떠들고 우리를 괴롭힌다. 여름에는 찜통이고, 겨울에는 남극인 이 좁은 옥상 집에서 지내는 우리가 불쌍하지도 않은가 보다. 며칠 전에는 중간고사 끝났다면서 술 마시더니 우리가 키우는 상추밭에다 쉬를 했다.

아유 내 팔자야. 아직도 지린내가 나는 것 같은데 언니가 저녁 식사 때 삼겹살 먹을 때 쌈 싸 먹는다고 따서 가져간다. 에이, 난 깻잎만 먹을 생각이다. 언니 말로는 상추 속에 엽록소라는 녹색 알갱이로 만든 엽록체가 모여 있어서 상추가 녹색으로 보인댔는데 도대체가 알갱이가 어디 있다는 건지 모르겠다.

"상추 따 왔어요. 와, 냄새 좋다."

"어서 와서 앉아, 일자리는 구했니?"

"이야, 고기 다 타겠네. 평희 엄마, 어여 상추 안 씻고 뭐 해. 노아야, 먹지만 말고 좀 구워봐라. 양파 좀 더 가져와야겠는데."

"아이참, 나 다이어트 중인데, 가족들이 이렇게 도움을 안 준단 말이지."

"엄마가 이번에 이달의 보험왕 돼서 한턱 쏘는 거니까 실컷 먹어. 맞다, 아인이 너 그러지 말고 보험설계사 되는 건 어때? 누군가의 미래를 설계하는 것만큼 값진 일이 어딨니. S대 나온 거 아까워 죽겠다, 얘. 아님 고모부 회사 비서 자리 알아봐 달라 그래. 그러는 게 어때요? 평희 아빠, 내 말 듣고 있어요?"

"응? 으응. 그것도 괜찮지."

"어? 아빠 요즘 회사에서 간당간당한다는데."

"엄마, 나는 당근 줘. 밥 반만 덜어주세요. 이번에 산 샤넬 블라우스 입어야 돼."

"누나는 샤넬 입어도 시장표 같아. 그냥 살 빼지마."

"넌 그게 시집갈 누나한테 할 소리냐? 성적은 또 왜 그 모양이야. 아인이 누나한테 과외 좀 해달라 그래. 그리고 오토바이 키 반납하랬지."

"취업도 못 해서 빌빌대는 애한테 무슨 과외를 받으라는 거야! 아 진짜, 나 밥 안 먹고 싶어도 삼겹살이라 참는다."

'에휴……. 내가 정말 시끄러워서 못 살겠다. 마귀할멈네 가족은 밥 먹은 힘이 전부 입으로 가나 보다. 갈수록 언니도 마귀할멈네한테 물들어간다. 상추 안 먹고 깻잎만 먹으면서 웃는 거 봐. 크크. 매번 먹는 거로 장난친다고 야단맞으면서 또 밥에다 고추장으로 그림 그리고 있다. 공책이고 벽이고 빈 곳은 남아나지를 않는다. 여기 정도면 딱 춤추기에도 적당하고 넓고 살만한데, 다음에 언니가 집에다 온통 고추장으로 그림 그려놓을까 봐 그게 걱정이다. 마귀할멈 아들은 또 바로 TV 보러 갔다. 빨리 먹고 옥상 방으로 올라가고 싶다. 지금 마크 트웨인의 《톰 소여의 모험》을 읽고 있는데 다음 장면이 궁금해서 미칠 지경이다. 그러고 보면 재보다는 내가 좀 더 어른인 것 같다.

어린 노아는 가만히 TV를 보고 있었다. TV 속에는 영국의 왕세자비의 죽음을 추모하는 콘서트가 열리고 있었고, 무대 위에는 한 키 작은 가수가 기타를 치면서 〈Candle in the Wind〉를 부르고 있었다. 노아는 과자를 먹고 있던 것도 잊은 채, 눈을 반짝이며 TV에 시선을 고정했다.

"TV 그만 보고 들어가서 공부해."

"응? 으응. 근데 엄마, 나 아빠한테 받은 돈 쓴다."

"니껀데 니가 알아서 해."

노아는 그길로 기타를 사 들고 들어오더니 방 안에 틀어박혔다.

'그럼 아저씨는 여기 왜 이러고 있어?'

좌판을 정리하던 노아는 그 꼬마가 의아해하며 묻던 말이 생각나 세워져 있는 '그녀'를 또 애정 어린 눈길로 바라본다. 그리고는 한번 스윽 쓰다듬는다.

'그녀', 자신의 기타를 노아는 '그녀'라고 불렀다. '그녀'와 함께한 지 벌써 10년이 넘었다. 그는 그동안 많은 것을 잃었다. 학업, 자식으로서의 도리, 사랑 그러면서도 그는 '그녀'만은 놓지 않았다. '그녀'는 그에게 전부였다. 호두과자는 '그녀'를 지킬 수 있게 해주었다. 그런데 자꾸만 그 꼬마의 당돌한 말이 생각이 나는 것은 왜일까?

'그럼 아저씨는 여기 왜 이러고 있어?'

노아는 '그녀'를 케이스에서 꺼내 자신이 만든 노래를 부르기 시작했다.

"……호두과자가 세상에서 제일 좋아."

'때릉.'

[야, 홍대로 집합이다.]-떠돌이-

[내 남친은 어떻게 따돌리라구.]-여왕개미-

[잔소리 말고 1시간 후 거기로.]-떠돌이-

[일 끝나려면 두 시간 걸리거든. 맞을래?]-편의점알바-

[나 씻어야 되는데.]-청년백수-

[공원 한가하다. 일루 올래?]-그녀애인-

[야!] [미친 녀석.] [맞을래?] [저거 더워 먹었어.]

[시끄럽고 그럼 1시간 후에. Bye.]-떠돌이-

PM 10:00 홍대의 XX삼겹살집

"치이칙, 달그락, 탁탁, 하하하하, 치익치……."

은색, 원형의 테이블 위에서 고기가 맛있는 소리를 내며 노릇하게 익어갔다. 낡았지만 소박하고 청결해 보이는 가게를 닮은 주인이 야채를 가져다주고, 빈 그릇을 치우며 분주히 움직이고 있었다. 주말 밤인데도 손님은 많지 않았다. 실은 그래서 노아 일행은 항상 이곳으로 모였다.

"오늘은 또 뭔 일이래?"

"지방에 매장 오픈한대서 이 엉아가 한동안 서울에 없잖니. 니네가 나 보고 싶을까 봐 얼굴 보여주려구. 이 잘생긴 얼굴 보고 싶다 울지 말고 많이 봐둬라."

"웃기시네. 우리 포돌이 손톱의 때만큼만 생겼으면 내가 말을 안 해요."

"그러면서 남친 버리고 여기 앉아 있는 넌 도대체 뭐냐."

"흑. 우리 이쁜 포돌이는 술을 못 마시잖아. 이 누나는 술이 고픈데. 자 마시자!"

"백수야. 여왕이 아무래도 나 좋아하는 거 같지 않냐?"

"아 미친, 넌 미친 게 확실해. 근데 너 지방 내려갈 때 따라갈까? 출사 가려고 했는데. 숙식도 해결하고, 어디로 가냐?"

"너 무서워서 말 못 하겠다. 많이 먹어라. 올라와서 또 사줄게. 야! 너는 아직도 기타 끼고 다니냐? 장사는 좀 어때?"

"내가 여왕처럼 간뎅이 부은 것도 아니고, 우리 그녀는 무서워서 혼자 두면 큰일 나. 내가 옆에 있어야 돼. 니네 호두과자 무글래?"

"악! 저 또라이. 너 그러다 혼자 늙어 죽겠다. 저거 저거 강제로래두 짝짓기시켜야 돼."

"냅둬라. '그녀'가 좋대잖냐. 니가 뭘 알겠니. 그게 싸나이의 순정이라는 거다. 나의 '찰칵이'도 우리 공주님 질투해. 얼마나 민감한데."

"하……. 떠돌아 나 또라이들이랑 술 못 마시겠어. 누나한테 한잔 따라보련?"

"응? 우리 혜교 장거리 달리려면 힘들 텐데 걱정이네. 클클."

"악!!! 알바생 언제 온대니. 혼자 마실래. 불 좀."

그때, 아르바이트를 마친 만화를 그리는 편의점 알바생이 들어왔다.

"헤이! 안뇽, 나의 주인공. 잘 있었어?"

"야, 너 내 얘기 쓰지 말랬지. 진짜 짜증 나거든? 늦게 와가지구."

"아이잉. 좀 봐주라. 힘들게 일하고 온 사람한테 앙탈이니. 요

귀여운 나의 주인공. 널 보면 영감이 팍팍 떠오른단 말이쥐."

알바생이 여왕의 볼을 꼬집으며 장난치고 있는데 갑자기 노아가 입을 열었다.

"나 내일 공연할란다."

"응?!!!!!!"

모두는 일제히 놀란 눈으로 노아를 바라보았다.

"옴마야."

"갑자기 뭔 소리야. 그렇게 오디션 좀 보라고 보라고 해도 요지부동이던 애가?"

"내일 공원에서 형들 공연 있는데, 내도 한 곡 부르겠다고 했다."

"얼레리요. 지방 다음날 가야겠네. 드디어 '그녀' 데뷔하는 거냐?"

"우리 포동이 데리구 공연 보러 가야지이. 이제 노아 주가도 팍팍 오를라나?"

"나 알바 땜에 못 가는데. 백수야, 캠코더로 좀 찍어놔라."

"응. 나도 우리 찰칵이 데리고 갈게. 또 삐져서 사진 이상하게 나오겠네. 오늘 밤에 가서 좀 달래놔야지."

"그런데 왜 갑자기? 장사가 잘 안 되냐?"

"아니, 그건 아니고. 내 노래가 좀 괜찮은 갑더라."

의아한 듯 바라보는 친구들은 아랑곳없다는 듯, 노아는 허공을 보며 싱긋 설레는 웃음을 지어 보였다.

"야, 이 자식 바람났어. 얌전한 고양이 부뚜막에 먼저 올라간데더니."

"얘! 그럼 노아는 진짜 그녀랑 늙어 죽으라는 거니?"

"아……. 그건 아닌데."

노아는 흥분하는 친구들을 그냥 놔둔 채 내일 꼬마가 왔으면 좋겠다고 생각하고 있었다.

2011.10.03. AM 1:00 마포의 2차선 도로

"데려다 준데니까, 혜교랑 드라이브하고 들어가자."

"아니다. 내는 좀 걸을란다. 걷는 기 하루 이틀이가."

"어유, 저 청승. 넌 언제 뛸래. 에그……. 너 뛰는 건 됐고 주가나 좀 뛰었음 좋겠다."

"낼 봐."

"백수, 낼 캠코더!!"

"앗, 잠깐! 아……. 괜찮은 샷이었는데, 아깝다……."

친구들과 헤어진 노아는 '그녀'와 함께 불 꺼진 2차선 도로를 따라 걸었다. 기분 좋게 오른 취기가 노아의 감각세포들을 춤추게 만들고 있었다. 가을임을 증명하는 듯한 시원한 바람이 가로수들의 머릿결을 흔들며 비에 젖은 샴푸 향기로 거리를 메웠고, 물방울을 머금은 공기가 그의 피부를 지그시 누르고 있었다. 노아는 새벽의 한적한 2차선 도로를 걷는 것이 좋았다. '그녀'와 함께 걸어가는 이 새벽길이 마치 노아 자신의 인생인 듯 느껴졌다. 그는 주머니에서 팔다 남은 호두과자를 꺼내 먹는다.

'참, 아까 그 노래 진짜 좋아. 그리구 아저씨 웃는 거 진짜 예뻐. 헤헤……. 안녕.'

노아는 호두과자를 오물거리면서 웃고 있었다.

노아는 오늘따라 자신이 잘해낼 수 있을 것 같은 자신감에 넘쳐 바로 선배에게 전화를 했었다. 무슨 일이든 행동하지 않고서는 아무것도 시작되지 않는 법이다. 노아는 자신의 노래를 좋아해 준 꼬마의 천사 같은 미소 때문에 그 두려웠던 첫걸음을 딛으려 하고 있었다. 아니, 이제야 '그녀'와 자신만의 세계를 세상과 나눠야 할 목적을 찾은 것이었다.

그는 이어폰으로 들려오는 「전람회」의 〈세상의 문 앞에서〉를 목청껏 부르며 거리의 모든 것을 음표 삼아 연주를 시작했다. 그의 목소리는 어두운 밤거리에 터질 듯 울려 퍼졌다. 그에게는 세상의 모든 것이 음악이었다.

AM 3:00 후암동 아인의 옥탑방

"댕댕댕 댕댕 댕댕댕 댕댕……."

"휘리릭 휘휘 휘리리 휘히……."

"노아야, 안자? 모기 물리겠다. 그만 내려가서 자."

"내일 쉬는 날이잖아. 아 참. 까망백조였지. 나 사색 중이야. 방해 마."

'에휴, 재는 도대체 잠도 안 자고 왜 저기 드러누워서 저러고 있는지 모르겠다. 옷도 제대로 안 걸치고 민망해서 내가 못 살겠다. 공부 안 하고 맨날 저러고 노니 성적이 그 모양이지. 저 기타 치는 아저씨도 그렇고 언니도 그렇고 왜 잠을 안 자는 걸까? 일찍 자고, 일찍 일어나야 훌륭한 사람 된다고 했는데, 다들 훌륭한 사람은 못 될 것 같다.

언니는 또 방에 오자마자 뭘 열심히 그리고 있다. 언니는 나보다 그림을 못 그린다. 사람도 제대로 못 그리고 뭘 그린 건지도 통 모르겠다. 근데 차마 언니가 상처받을까 봐 말을 못 하고 있다. 응? 저 얼굴은 호두과자 아저씨 같은데, 저 춤추는 인형은 진짜 못생겼다. 좀 이쁘게 그리지. 나보고는 하늘이 태양빛이 반사되어 우리 눈에 들어오는 색이 하늘색이어서 하늘 이래더니, 언니 눈에는 포도술이 들어갔나보다. 크크 나도 포도술이 맛있지만 난 우유가 더 좋다. 그럼 내가 그린 하늘은 우유색인가?

나는《톰 소여의 모험》을 읽고 싶은데 언니는 또 라디오를 듣고 있다. 3시만 되면 꼭 라디오를 듣는다. 도대체 저 이상한 아저씨가 뭐가 좋대는 건지. 에휴, 어른들의 세계는 정말 알다가도 모르겠다. 언니 책꽂이에 꽂힌 저 많은 책을 다 읽으면 알 수 있게 될까?'

"자, 다음 사연은 강북 후암동에 사시는 조아인 씨의 사연입니다."

"어, 됐다. 어떡해."

"야, 뭐야, 뭐야."

"댕댕댕 댕댕댕 댕댕댕댕, 댕댕댕 댕댕댕 댕댕댕댕……."

PM 1:40 혜화 마로니에 공원

아인은 분주히 움직이는 행인들의 사이사이, 공원의 한구석에 자리 잡고 앉아 뭔가를 열심히 그리고 있었고, 그 옆의 무대에서는 공연 준비가 한창이었다.

"그쪽 아니잖아. 저리로, 아니, 그래 거기."

"삐! 쿵쿵, 띠릉, 두두두둥……."

"노아는 연습 안 해도 돼?"

"걔 몰라?"

"학생, 여기 1시간 후에 공연 있는데."

"네, 알아요. 저 지금 오빠들 그리고 있는 중이에요."

"어 진짜? 함 보자. 어디 봐봐. 응? ……. 으응 ……. 잘 그렸네."

그들은 뭘 그렸는지 통 모르겠다는 표정을 지으며 곤란한 듯 칭찬을 하고 있었다.

"마그리트야, 달리야, 잘 그리긴 뭐가 잘 그려. 이해도 못 하면서 어설프게 따라 하지 말고, 니걸 그려. 클클……. 야, 이거 진짜 못 그렸어."

"괜찮아요. 근데 오빠는 이름이 뭔가요?"

그녀는 그림에서 눈도 떼지 않은 채 손을 계속 움직이며 물었다.

"난 '경'인데."

"경……. 그냥 한번 불러봤어요. 아저씨, 난 말이죠. 그렇게 그려요. 그냥, 지금 만난 아저씨의 이름을 부르듯이, 경……. 이렇게, 그럼 안되나요? 근데 아저씨는 뭘 부르나요?"

여전히 그림에서 눈을 떼지 않은 채로 그녀가 물었다.

"너 아주 맹랑하구나, 나는 '경'을 불러. 풋! ……. 요거 봐라? 이해한 거 같은데. 재밌네. 담에 또 보자. 지금은 바쁘니까."

그는 아쉬운 듯, 또 재미있다는 듯 무대로 돌아갔고, 아인은 자리를 털고 일어나 바닐라라떼를 사러 뛰어갔다. 그녀의 연보라색 스니커즈가 오늘따라 당당하게 느껴졌다.

오전부터 나와서 장사를 하고 있던 노아는 공연시간이 가까워지자 슬슬 좌판을 정리하기 시작하면서 자꾸만 주변을 두리번거렸다. 혹시나 오늘도 꼬마가 오지는 않았나 찾고 있는 눈치였지만 공원 구석에 앉아 이쪽을 힐끔거리며 그림을 그리고 있는 창백해 보이는 여자만 있을 뿐 어디에도 꼬마는 보이지 않았다.

'오늘은 안 오는가 보네…….'

2011.10.03. 월요일=일하는 날

월요일≠일하는 날 ㅜ.ㅜ

월요일=개천절=단군 할아버지가 나라를 세우신 날. 날씨☼☺

오늘은 언니가 오전부터 공원에 나가 그림을 그리는 통에 잠도 몇 시간 못 잤다. 주변이 저렇게 시끄러운데 무슨 그림을 그린다고 아우, 시끄러. 저 아저씨들도 못 그린다고 생각하는지 표정이 말이 아니다. 내가 다 부끄러워진다.

이름이 '경'이라는 잘생긴 키 큰 아저씨는 아주 대놓고 비웃는다. 내가 한 뼘만 더 컸어도 때려버리고 싶을 정도로 아주 얄밉다. 보기와는 다르게 노래는 꽤 부른다. 꼭 언니가 마시는 바닐라라떼 같다.

근데 저 아저씨들은 왜 저렇게 시끄러운 노래를 부르는 건지 귀가 아파 죽을 지경이다. 아우, 시끄러. 저 옆에 아줌마 아저씨들까지 정말 귀가 아프다. 호두과자 아저씨만 아니었다면 언니 몰래 도망갔을 텐데.

어제 놀러 왔던 갈래머리는 이번엔 아빠 목마를 탔다. 췻, 내가 더 크면 아빠가 목마 못 태워주실 텐데. 나도 목마 타고 싶다. 호두과자 아저씨한테 태워달라 그럴까? 싫어할까?

아저씨가 가수인 줄 알았으면 사인이라도 받아둘걸. 무대에 갑자기 나타나서 깜짝 놀랐다. 노래도 엄청 잘 부른다. 나한테 인사를 하길래 계속 팔을 흔들었는데 나를 못 본 모양이다. 알아봤으면 저 갈래머리가 부러워했을 텐데. 그래도 괜찮다. 아저씨의 노래를 들었으니까. 새로운 사실을 알았는데, 매일 밤 들려오던 그 기타아저씨가 호두과자 아저씨였다. 저 갈래머리는 꿈도 못 꾸겠지? 이히…….

"안녕하십니까. 저는 마노아라고 합니다. 오늘은 제 인생의 첫

무대고요. 제 노래가 괜찮다고 말해준 어제 만난 꼬마에게 이 노래를 바칩니다. 꼬마야 또 만나자. 널 위해 노래 부를게."

〈호두과자가 세상에서 제일 좋아〉

그녀를 만난건 우연이었어.
그녀의 미소는 천국이었어.
그녀의 숨결은 나를깨웠어.
난단지 그녀를 안고싶었지.
아픔이 내몸을 상처입혀도
유혹이 내맘을 뒤흔들어도
내삶은 그녀를 지켜야했어.
내삶은 그녀가 전부란말야.
그래서 난말야 그런이유에
호두과자가 세상에서 제일 좋아.
호두과자가 세상에서 제일 좋아.

-마 노 아-

- THE END -

웃지말아요.

셰익스피어

"내가 이 얘기를 꺼낼 때마다 녀석들은 나를 실없는 놈 취급하지만, 그녀의 체취를 나는 잊을 수가 없다."

2011.10.04. AM 10:00 고속도로 위

가을의 아지랑이가 소리 없이 웃고 있는 평일 아침의 한산한 고속도로 위를 짙은 블루색의 옷을 걸친 투싼이 달리고 있었다. 활짝 열어젖힌 차창으로 「퀸」의 앨범 〈A Kind Of Magic〉이 흘러나왔다. 목인은 기분 좋은 듯 목청껏 노래를 따라 부르며 단속 카메라를 피해, 최대의 속력으로 스피드를 내본다. 뒷좌석에는 구겨진 트레이닝복과 흙 묻은 농구공과 목까지 올라오는 흰색의 나이키 농구화가 나뒹굴었다. 넥타이를 풀어헤치고 단추를 풀어 열어젖힌 흰색의 와이셔츠 사이로 푸른 동맥이 꿈틀대는 단단한 피부가 드러났다. 어쩐지 그의 곱상한 외모와는 어울리지 않는

듯했다. 차체의 진동에 따라 운전석 앞 거울에 걸린 샤킬 오닐의 사진이 이리저리 흔들렸고 「퀸」의 전 앨범이 순서 없이 뒤엉켜 꽂혀 있었다.

차를 따라 달리는 먼 산등성이에서 불어온 바람이 생수를 들이켜는 그의 굵은 목젖을 스치고 지나며, 지난 밤을 다시 가져다 놓는다. 이제 그만 자신을 그녀에게서 놓아주어야 함을 알면서도 또 이렇게 기분이 좋아지고 마는 자신을 어이없어하며 웃고 있는데, 전화벨이 울렸다.

"I want to break free……."

오늘따라 저 벨소리의 가사가 간절하게 느껴져 왔다.

"딸깍, 네 「spice쌀떡볶이」 슈퍼바이저 유목인입니다."

"야! 너 양복 입고 갔지. 그거 혹시 몰라서 사 둔 포돌이 거거든. 네 폴로 향수 냄새 땜에 포돌이한테 둘러대느라 내가 아주 폭삭 늙었는데 넌 아주 바람처럼 양복까지 처입고 가셔. 내가 어제 뭐랬어. 그냥 니네 집에 가서 자랬지. 포돌이한테 미안해서 얼굴을 못 보겠어. 이게 몇 번째야. 너 정말 이럴래? 열쇠 빨리 반납 안 할 거야?!!!"

'그녀다. 이번엔 단단히 화가 난 듯하다. 간밤은 기억에 없는 걸까? 씁쓸함이 다시 들뜬 가슴을 짓밟는다. 언제나 반복되던 일이라 새삼스러울게 없었다.'

"Hi! my dalling! 야. 좀 봐주라. 나 지금 고속도로 위거든. 사고 나면 확 기둥서방 해버린다. 그리고 우리 혜교도 네 니나리치 향 땜에 삐져서 풀어주느라 혼났어. 진짜 애인 없는 사람 서러워서 살겠냐? 보고 싶다 울지나 말고, 참, 내가 차려놓은 아침은 먹은 거냐?"

"악!!! 미친놈이랑 내가 뭔 얘기를 하니. 포돌이랑 배 터지게 먹었어. 끊어!!"

"뚜뚜뚜뚜……."

"짜식, 그래도 밥은 먹었나 보네……. 혜교야, 쟤 진짜 못됐지 않냐?"

그는 듣던 시디플레이어의 '멈춤' 버튼을 누르고 라디오를 켰다. 라디오에서는 「Rialto」의 〈Monday morning 5.19〉가 흐르고 있었다.

그녀는 「삼겹살을 사랑하는 사람들」의 첫 정모에서 처음 만났다. 짧은 단발을 발랄하게 펌한 누구와도 스스럼없는 기분 좋은 여자였다. 그날, 처음으로 그녀의 집에 들어갔고, 그곳에는 그 남자의 사진이 있었다. 그녀는 아무렇지 않은 듯 웃으며 말했다.

"내 남자친구 이쁘지."

난 어이가 없었지만 이미 그녀에게 빠져버린 마음을 돌려놓지 못했다. 지금까지……. 그녀는 치명적인 달이었다. 지워보려 떠나보내려 해봐도 어느새 보름달처럼 다시 커지고, 더 밝아져 가까이 안겨 왔다. 그러다 나는 어느 순간 깨달았다. 그녀를 놓아주는 것은 내 능력을 벗어난 우주의 흐름 안에 있는 문제라는 것을…….

'천안휴게소'라는 간판이 보였다. 나는 머리를 흔들어 그녀의 잔상을 조각내 날려버리려 노력했다. 잠시 쉬어가는 것이 좋을 듯해 휴게소로 차량을 돌린다. 나의 진짜 연인 투싼 '혜교'는 다

소곳이 미끄러지며 휴게소 입구를 들어섰다.

AM 10:30 천안휴게소

오랜만의 장거리 출장이 힘이 드는지 혜교의 숨소리가 거칠었다. 나는 엔진을 끄고 차 밖으로 나와 기지개를 핀다. 덩크슛을 넣는 샤킬 오닐을 떠올리며 주차장의 아스팔트 바닥을 지렛대 삼아 있는 힘을 다해 뛰어올랐다. 순간, 세상이 정지한 듯 한참을 공중에 떠 있는 기분이었고, 어떤 슬픈 눈의 여자가 뒤돌아 나를 불렀다. 여왕개미인듯하기도 하고, 아닌듯하기도 하고 꿈처럼 아련한 영상이었다. 경기장 관중들의 함성과 박수 소리와 함께 사뿐히 땅에 내려앉자 그녀는 어디론가 사라지고 없었다.

'목인 씨…….'

현기증이 났다. 아무래도 아침을 못 먹어서 헛것이 보이는 것 같다. 지방 갈 때마다 들리는 이 휴게소가 오늘따라 차분하게 느껴진다. 주차장을 오고 가는 차들은 마치 공장의 부품들처럼 질서정연하게 자리를 채웠다 비웠다를 반복하고 있었다.

"어서 오세요. 천안휴게소입니다. 주차 가능 시간은 30분입니다. 30분 후에 사이렌이 울리면 떠나주십시오. 편안한 휴식 되십시오. 감사합니다."

주차선을 벗어나자 부드러운 여성의 목소리가 어딘가에서 울려 나왔다. 아마 주차구획 부분에 센서가 내장되어 움직임을 감지하는 듯 보였다.

'응? 변했네? 그나저나 뭘 먹나…….'

"혜교야, 잠깐 쉬고 있어. 화장실 좀 다녀올게."

늘 그랬지만 오늘따라 저 녀석이 말귀를 알아듣는 듯 느껴진다. 이상한 기분을 떨쳐버리려 얼른 발길을 돌려 화장실로 향했다.

화장실은 유난히도 반들거렸다. 한쪽 벽에 걸린 스피커에서는 「루시드 폴」의 앨범 '국경의 밤'에 수록된 곡 〈오, 사랑〉'이 흘러나오고 있었다. 프리랜서 포토그래퍼인 '청년백수'가 작업할 때 듣는 음악이어서 귀에 익숙해져 있었는데, 이런 곳에서 듣게 되다니 조금 의외라는 생각이 들었다. 그 녀석에게 '작업'은 복합적인 의미로 사용되었는데 그 모든 '작업'에 함께하는 음악이었다.

소변기는 색색의 칸막이로 구획이 되어 옆 사람의 모습을 볼 수 없도록 되어 있었다. 입구에서부터 코를 간질이던 시트러스 계열의 향이 변기 위에 달린 방향제에서 자동 분사되고 있었다. 내가 변기에 서자마자 계곡의 물소리가 흘러나오기 시작했다. 일을 끝내고 칸막이를 벗어나자 'WASH' 버튼의 불이 들어와 자동 세척되었다.

"이용해주셔서 감사합니다."

한 여인의 목소리가 화장실을 나서는 내게 인사를 건넸다. 화장실을 이용하려는 사람들이 줄을 서서 차례대로 대기하고 있었다.

'내가 왜 이러지?'

이상할 것이 없는데 자꾸만 이상한 기분에 휩싸였다. 일렬로 늘어선 매점의 메뉴도 조금 생소하게 느껴졌다. 「탕수나라」, 「오니기리」, 「타코스」, 「컵 커리」, 「모모」, 「알감자」, 「오징어」……. 얼마 전 입점한 「spice쌀떡볶이」도 보였다. 「노아 호두과자」?

「천안 호두과자」와 함께 친구 노아의 이름이 붙여진 호두과자가 있었다. 각 부스의 한쪽에는 음식들에 사용되어 진 부재료와 제조날짜, 영양성분, 칼로리 등이 상세하게 열거되어 있었고, 모두 영어로 번역되어 있었다. 중앙에는 음식의 이름과 함께 음식의 국기가 붙여져 있었는데, 「spice쌀떡볶이」 옆에 붙여진 태극기를 보자 왠지 흐뭇해졌다.

나는 방금 전의 생소함을 잊은 채 호두과자 부스 앞으로 갔다.

"안녕하세요. 천안의 명물 호두과자입니다. 어떻게 도와드릴까요?"

"네. 호두과자 한 상자하고, 작은 봉지 하나 이렇게 주세요. 근데 여기 조금 변했네요? 많이 좋아졌는데요?"

"몇 년째 그대로인데 오신 지 꽤 되셨나 보네요. 총 13,000원입니다. 카드결제 하시겠습니까? 모바일결제 하시겠습니까?"

"현금 드릴게요. 현금 있어요. 여기, 많이 파세요."

"현금 13,000원 받았습니다. 감사합니다. 즐거운 여행 되세요."

나는 생수와 캔 커피를 사서 혜교가 쉬고 있는 곳으로 향했다. 「spice쌀떡볶이」 앞에 가지런히 줄을 선 사람들을 돌아보고는 기분이 좋아져 휘파람을 부른다. 혜교는 푹 쉬었는지 블루빛 외장이 윤이나 반짝였다.

주차구획선에 들어서자 또 안내방송이 나왔다.

"저희 천안휴게소를 이용해주셔서 감사합니다. 즐거운 여행 되세요."

차 문을 열고 운전석에 앉으려는데 차창에 딱지가 붙어 있다.

'응? 뭐지……. 위해 매연 1차 경고장? 3차 경고 시 벌금형.'

5년 넘게 차 몰고 다녔는데도 이런 경고장이 있다는 것은 본 적도 들은 적도 없었는데 알 수 없는 노릇이다. 일단 일이 먼저이니 끝나고 서울 올라가면 확인해봐야겠다고 생각하고 휴게소를 나와 고속도로로 들어섰다. 여전히 고속도로는 한산했고, 하늘은 맑았고, 하얀 뭉게구름이 산등성에 업혀 어리광을 부리고 있었다. 그리고 라디오에서는 「Coldplay」의 〈Warning Sign〉이 흘러나왔다.

그때, 목인의 차가 빠져나간 휴게소에서는 '호두과자가 세상에서 제일 좋아'가 울려 퍼지고 있었다.

PM 1:00 군산 시내

시내로 들어서면서 넥타이를 고쳐 맸다. 「spice쌀떡볶이」의 전라도 지방 첫 가맹점이어서 본사에서 신경이 곤두서 있어 자칫 잘못해서 일이 틀어지면 책임을 뒤집어쓰기 십상이었다. 부담감이 또 목을 조여왔다. 나는 거울을 흘깃 보고 머리를 다듬는다. 차 서랍의 뚜껑을 열어 푸른색의 「랄프로렌 폴로스포츠」 병을 꺼내어 두 번을 뿌린 후 다시 제자리에 놓았다. 생수병과 함께 놓여 있던 입 냄새 제거제를 집어 입속의 냄새를 제거한다.

'이건 여왕개미 만날 때만 쓰는 건데…….'

군산가맹점의 점주가 여자라는 말이 자꾸만 신경이 쓰였다. 그동안 가맹점들을 돌아다니면서 몇 명의 점주들이 접근을 해왔지만 언제나 여왕개미 때문에 뿌리치곤 해왔었는데 이번에는 조금 복잡한 마음이 들었다. 괜찮은 점주가 나타나 날 여왕개미에게서 벗어나게 해주었으면 하는 마음과 사적인 접촉은 없었으면 하는 마음이 뒤엉켜 점주를 만나보기도 전에 심란할 대로 심란해져 있었다.

시내로 들어선 후 한 블럭을 지나치려는데 어디선가 경찰관이 나타나 차를 멈추기를 요구해왔다. 나는 혜교를 도롯가에 세운 후 경찰관이 오기를 기다렸다. 도로는 담배꽁초 하나 없이 깨끗했다.

"실례합니다. 서울에서 오셨습니까? 댁의 차량은 [ECO Carmember]에 등재되어 있지 않아 시내로 진입이 불가능하십니다. 공용주차장에 주차하신 후 대중교통을 이용해주십시오."

"네?!"

나는 유럽의 어느 도시에서 이와 비슷한 제도를 운영하고 있다는 말을 어디선가 얼핏 들었던 기억은 있었지만 우리나라에서 그런 곳이 있다는 말은 들어본 적이 없었다.

'금강 때문에 시범 운영되는 건가?'

약속시간은 충분했지만, 언제나 혹시 모르는 만일의 경우에 대비해야 할 필요를 몇 년간의 사회경험으로 알고 있었기에, 서둘러 혜교를 주차해두고 택시를 잡기 위해 큰길로 나왔다. 간간이 지나가는 택시는 청록색 바탕에 핑크색의 포인트 컬러를 둔 일률적인 색과 모양을 하고 있었다. 모두 하이브리드 차량이었다.

'응? 아직 대중교통에는 보급화되지 않은 거로 알고 있는데…….'

알 수 없는 노릇이었다. 손을 흔들자 빈 택시가 얼음판 위를 달리는 양 미끄러져 내 앞에 멈추었다. 문을 열려는 순간 차 문이 '딸깍' 소리를 내며 열렸다.

"안녕하십니까. 손님을 모실 '운전수'입니다. 어디까지 가세요?"

"네, 중앙사거리로 가주세요."

"안전벨트를 매주셔야 시동이 걸립니다. 네, 그럼 출발하겠습니다."

"아저씨, 혹시 군산이 무슨 시범 도시 지정되었나요? 조금 이상해서요."

"? 그런 건 없는디요. 내는 군산에만 살아나서……. 뭣 땅시 그란디요?"

"아, 아닙니다. 롯데리아 지나서 횡단보도 앞에 세워주세요."

운전수의 이름은 '운전수'인 듯 보였다. 앞 유리창에 붙여진 자격증에 '운전수'라고 쓰여져 있었다. 순박해 보이는 경직된 사진과 이름에 피식 웃음이 새어 나왔다. 택시는 플라타너스가 풍성히 늘어선 도로를 지나서 시내를 관통해 금강 하류로 이어지는 강의 다리를 지나고 있었다. 나는 그제야 열려진 창문으로 전해져오는 바다 내음을 맡을 수 있었다. 낮의 가을 햇볕 아래 정박해 있는 고기잡이배들의 위로 갈매기 한 마리가 마실을 다니고 있다. 신호에 걸린 택시가 횡단보도 앞에 멈춰 섰다. 택시는 정지선 앞에 정확히 멈추었고, 다른 차량들도 일제히 선을 맞춰 멈추었다. 오토바이와 자전거들은 차선 하나를 전부 차지한 채 선 뒤로 정차하고 있었다. 이곳은 유난히도 자전거가 많았다.

자전거의 체인 감는 소리와 차량들의 조용한 엔진 소리가 신호의 바뀜을 살포시 알려주었다. 그러고 보니 클락션 소리를 아직 한 번도 듣지 못한 듯했다. 롯데리아를 지나쳐 횡단보도 앞에 택시가 정차했다.

"여가 맞지라? 잔돈이 없는디……."

"잔돈은 괜찮습니다. 정말 편하게 왔습니다. 수고하세요."

"으메. 고맙고마잉. 조심히 가고요잉."

운전수의 뻔한 속임수가 어쩐지 정겹게 느껴져서 모르는 척 인심을 쓴다.

「spice쌀떡볶이」, 로터리에서 조금 떨어진 곳에 가맹점의 간판이 보였다. 짙은 밤색의 나무를 외장재로 사용한 것이 멀리서도 눈에 띄었다. 가게 앞에는 보라색의 팬지가 가득했는데 가까이 다가가 보니 조화였다. 본사에서 규정하는 인테리어 매뉴얼 외에는 특별히 더해진 흔적이 없는 것을 보아 주인이 수수한 사람일 거라는 짐작이 들었다. 대신 벽 한쪽이 전부 책장으로 채워져 있었는데 어쩐지 이곳과는 어울리지 않는 듯해 보였다.

팬지의 꽃잎을 만져본다. 그때, 곱슬머리를 한 큰 눈의 아이가 앞에 서서 뚫어져라 나를 바라보았다. 근처 군산초등학교의 수업이 끝났나 보다.

"이건 팬지에요. 불어로 '팡세', '생각하다' 에서 유래되어서 '사색' 혹은 '나를 생각해주세요.'라는 꽃말을 가지고 있죠. 그런데 보라색은 우울을, 저 짙은 밤색은 지독한 고독을 상징하는 색이에요. 정말 마음에 안 들어요. 떡볶이는 고추장으로 만들어야지. 저 많은 양념들은 다 뭔지. 에휴……. 아저씨, 수고하세요. 아마 고생 좀 하실 거예요."

"근데 넌 사투리를 안 쓰는구나? 넌 누구니?"

녀석은 창백한 흰 얼굴을 하고서 한심하다는 듯이 나를 바라보았다.

"아저씨, 시간 많으세요? 한 사람에 대해서 아는데 얼마만큼의 시간이 필요하다고 생각하시는 거예요? 에휴, 저는 허 햄릿이에요. 그리고 요즘 학교에서 사투리 쓰면 벌점 있어요. 인연되면 또 봐요."

남자아이가 독특하게 핑크색 티셔츠를 입고 있었다. 뒤에 짊어진 책가방이 유난히도 무겁게 느껴지는 아이라는 생각이 들었다.

"대대댕댕댕."

문을 열자, 맑은 풍경 소리가 들렸다.

"그건 저희 엄마가 달아주신 거예요. 독실한 불교 신자이시거든요. 본사에서 오신 분 맞죠? 생각보다 어린 분이 오셨네요. 전구 갈고 있어요. 잠시 앉아 계세요. 금방 마실 거 드릴게요."

보라색과 검은색이 섞인 트레이닝복에 프로스펙스 운동화를 신은 짧은 펌 단발의 여왕개미가 사다리 위에서 위태롭게 돌아보며 웃고 있었다. 순간, 이름을 부를뻔했지만 이내 여왕개미가 아님을 알 수 있었다. 목소리는 여왕개미처럼 발랄했지만 밝은 미소 뒤의 슬픔이 주는 성숙함이 다른 사람임을 말해주고 있었다. 아담함과 뚜렷한 이목구비, 헤어스타일까지 여왕개미를 정말 많이 닮았다고 생각하면서 나는 사다리를 붙들었다.

"저는 슈퍼바이저 유목인입니다. 아르바이트는 안 구하세요? 혼자서 힘드실 텐데요. 어, 제가 잡아드릴게요."

"아니에요, 다 됐어요. 아……. 감사합니다. 아들이 금방 클 테고, 제가 또 힘이 좀 세서요. 폴로 향수 쓰시네요. 근데 양복 어깨선이 좀 작아 보여요. 아! 됐다!! 아니, 아니, 꺅! 안 잡아주셔도 괜찮아요."

"큭……. 앗, 죄송해요. 사다리는 어디 둘까요?"

"아니요, 제가 할 수 있어요. 저쪽에 앉아 계세요. 마실 거 뭐 드릴까요?"

"아이스 카라멜마끼아또 마실게요."

"네. 잠시만 기다리세요. 금방 갈게요. 근데, 손 안 씻으세요? 방금 사다리 만졌잖아요. 화장실 저쪽이에요."

그녀의 미소처럼 포근한 샤프란의 향이 희미하게 나를 스쳐 갔다.

〈보라색은 우울을, 저 짙은 밤색은 고독을 상징하는 색이에요.〉

〈한 살 차이 나는데 말 놓을게. 우리 이제 친구야. 우리 집에 갈래?〉

〈아니, 아니, 꺅! 안 잡아주셔도 괜찮아요.〉

나도 모르게 점주에게서 여왕개미를 보고 있었다. 여왕개미의 그림자에 그녀와는 다른 새로움이 더해져 머릿속이 뒤죽박죽이 되었다.

“저는 허세주라고 해요. 기타 소리 좋죠? 시인과 촌장이라는 옛날 가수에요. 눈 밑이 검은 거 보니 장거리 여행 때문에 많이 피곤하신 거 같아요. 괜찮으세요? 어? 왼손잡이네요?”

“네, 아니, 오늘 조금 갑자기 많은 일이 일어나서, 괜찮습니다.”

“정리는 거의 끝나 보이는데, 이건 본사에서 제공되는 경영 매뉴얼입니다. 상품들의 종류와 레시피, 향신료들의 효능과 설명, 경영지침, 위생과 관련된 모든 것들이 제공되고 있습니다. 여기.”

기쁨과 슬픔이 공존하는 듯한 신비한 맑은 눈동자를 반짝이며 세주가 목인을 빤히 바라보자, 목인의 굵은 목 아래가 붉어져 오기 시작했다. 그는 급하게 그녀의 ‘몽블랑’ 펜으로 시선을 돌리고는 아무렇지 않게 말을 이었다.

“매뉴얼에 없는 자료들은 제게 말씀하시면 바로 제공해드립니다. 모든 재료는 발주를 넣은 다음 날까지 본사에서 배송해드리구요.”

“떡을 냉동 떡 말고 제가 방앗간에서 떼어다 썼으면 하는데, 그래도 되죠?”

그녀는 천진하게 눈을 반짝이며 그를 똑바로 바라보며 말했다. 메모를 하는 그녀의 몽블랑 펜이 전등 불빛에 반짝였다.

“그렇게 하면 재고관리가 힘드실 텐데요. 굳이 그러지 않으셔도 만들어진 후 급속 냉각시키기 때문에 해동되었을 때의 품질은 걱정 안 하셔도 됩니다.”

그녀는 붉어진 그의 굵은 목을 힐긋 보고는 싱긋이 웃었다.

"아니요. 제가 방앗간의 소리와 냄새들을 좋아해서 그래요. 여기는 서울처럼 손님도 많지 않아서 매일 방앗간 가서 놀려구요. 또 우리 애가 떡볶이를 워낙 좋아하고 제 부모님이 따뜻한 가래떡을 잘 드셔서 비용절감 관련해서 본사에 물어봐주세요. 그나저나 몸에 열이 많으신 것 같아요. 제가 얼음물 가져다 드릴게요. 좀 전에 테이블 닦았는데 지문 묻은 거 봐요. 아으……."

웃으며 재잘대듯 말하고, 그를 습관처럼 관찰하고, 일어나 분주히 움직이고, 다시 컵에 뭐가 묻었다며 그가 원하지도 않은 일들을 하는 그녀가 샤프란 향과 함께 그를 어지럽게 만들고 있었다.

〈넌 왜 남의 집에 와서 깔끔을 떨고 그래. 아무거나 네가 갖다 먹어.〉

"저기 괜찮아요? 얼음물 좀 마셔요."

"오늘은 관리/운영 부분만 교육할게요. 조금 피곤해서요."

"그러세요. 참, 여기 한 블록 건너에 '8월의 크리스마스' 촬영지 있는 거 아세요? 거기도 한번 가보세요. 근데 테이블에 손 올리지 말아주세요. 지문이 묻어서요. 그런 데는 별로 관심이 없으시군요."

"네, 저는 조용한 영화나 사랑 이야기는 별로예요. 여기 홈페이지 보이시죠? 즐겨찾기 해두시구요. 여기 들어가서……."

그렇게 한참의 시간이 흘렀다.

"됐습니다. 나머지는 내일 하도록 하죠. 이 근처에 숙박하기 어디가 좋을까요? 참, 세주 씨 집은 어디세요?"

그는 그녀가 아들이 있다는 사실을 잊은 채 넌지시 물었다.

"우리 집에서 주무세요. 괜히 돈 쓰지 마시고, 제 차 타고 함께 가요. 정리할 동안 잠시 기다리세요."

〈야, 늦었는데 그냥 우리 집에 가자. 택시비 아까워.〉

"차를 외곽에 세워두었는데, 짐이 다 거기 있어요. 들를 수 있을까요?"

"외곽에요? 잘됐네요. 집이 마침 외곽이에요. 근데 차량이 옛날 차종인가 봐요."

"그렇게 오래되지 않았는데, 여기가 좀 독특하더군요."

"오래된 차종의 진입을 규제하는 대신 정부에서 자전거를 지원해주고 있잖아요. 매연과 소음규제에요. 서울이랑 다른가요? 뉴스에서는 서울부터 시행된다고 했었던 것 같은데……. 이상하네요."

그의 머릿속으로 오늘 일어났던 일들이 하나하나 떠올랐다. 워낙에 복잡하고 생각하는 것을 싫어하는 그였지만 오늘은 정말 알 수 없는 노릇이었다. 그중에서도 그녀는, 그녀 중에서도 그녀의 눈동자는 그가 떨쳐낼 수 없는 힘을 지니고 있었다.

PM 4:00 중앙로 1가

「Sun steam energy」라고 쓰여진 회색빛의 전동 보드에 한쪽

발을 올린 채 팬지꽃 너머로 곱상하게 생긴 곱슬머리의 아이가 가게 안을 한참 물끄러미 바라보고 있었다.

“준경아! 밴드나라 들렀다 가자.”

“이번에 우쿨렐레 새로 들여놨데던데.”

“준경이 가면 우리도 갈래. 나 가야금 연주할 줄 아는데, 준경아 갈 거지?”

“너는 촌스럽게 무슨 가야금이니. 내가 어제 배운 섹시 댄스 보여줄게.”

‘정말 여자애들은 종달새처럼 시끄럽게 재잘대는구나. 저 둘은 둘도 없는 친구처럼 붙어 다니면서 내 앞에서는 저 우정도 휴지 한 장의 두께도 가지지 못하니, 아……. 인간이라는 것은 사랑 앞에서는 신념도 의리도 저버리는 나약하기 짝이 없는 희생양에 불과하구나. 정말 싫다. 내가 인간이라는 사실이…….’

“햄릿이라고 부르라 했잖아. 오늘 기분 안 좋아서 집에 갈래. 참해영, 치마 예쁘네. 가야금은 다음에 꼭 들려줘. 나 먼저 간다. 내일 학교에서 봐!”

“나 보드 새로 샀는데, 지 좋아하는 핑크색인데. 안 보이나 봐. 흑흑…….”

“근미야, 이 치마 너 입을래? 내일 이거 네가 입고 가.”

“준경이 쟤는 가만 보면 사악해. 근미가 자기 좋아하는 줄 알면서 일부러 그런 거 맞지. 저거.”

“악! 어떡해. 보드 햇볕에 좀 세워둬야겠다. 멈췄어. 그리고 사악한 게 아니라 아무 의미도 없는 거야. 아직도 모르냐, 너는.”

보드를 타고 집으로 향하는 준경의 귀에는 근미의 울음소리도 친구들이 부르는 소리도 들리지 않았다. 모르는 아저씨와 함께 앉아 웃고 있는 엄마의 슬픈 눈과 귀까지 벌게진 채 뭔가를 열심히 설명하는 잘생긴 아저씨의 모습만이 떠올랐다. 아빠가 계셨다면 저런 모습일까 또 준경은 부질없는 상상을 하고는 눈시울을 붉혔다. 외진 부둣가에 보드의 전기모터 소리만 나지막이 소년을 달래고 있었다.

PM 5:00 금강 하굿둑 강변도로

“대대댕댕댕”

“문 좀 잠그구요. 응? 이게 왜 이렇게 안 잠기지? 으응?”

“제가 해볼게요. 이리 줘보세요.”

“앗! 열쇠 여기. 죄송해요. 쿡.”

그녀의 차가 금강을 따라 군산을 벗어나 상류로 올라가고 있었다. 그녀의 차는 아이보리색의 소울인듯한데 몸체는 군더더기 없이 더 단순했고 하이브리드 차량인 듯 보였다. ‘풍운’이라는 이름의 기아의 신차라며 그녀가 자랑하듯 말했다. 그녀의 차를 뒤따르며 나는 오랜만에 가슴이 뛰어옴을 느꼈다. 목을 타고 올라오는 흥분을 가라앉히기 힘들었다. 그녀가 백미러로 이쪽을 보고 있었다.

〈떠돌아, 포돌이 야유회 갔는데 놀러 와. 먹을 거 알지?〉

그녀의 차가 금강을 가로질러 다시 장항 방향으로 가고 있었다. 막 지기 시작하는 저녁 해가 하늘과 바다, 벼가 익어가는 들판에 황금빛 가루를 뿌리고, 어디선가 불어오는 바람이 그녀의 샤프란 향기를 전해왔다. 그녀는 장항 시내를 못 가, 강변의 한 펜션으로 차를 꺾더니 주차장에 멈추어 섰다. 나도 그녀의 어여쁜 풍운 옆에 헤교를 세웠는데, 어쩐지 둘이 잘 어울리는 기분이 들어 웃음이 나왔다.

펜션은 「시인의 노래」라는 프로방스풍의 낡은 철제 간판을 출입구에 걸어 두고 있었고, 자갈이 깔린 잔디를 지나 작은 나무계단 위로 출입문이 있었다. 그리고 흰색의 아담한 꼭, 그녀를 닮은 밝은 느낌이지만 사연이 있는 듯 신비롭게, 동화 속을 걸어가는 듯한 기분을 주는 곳이었다.

"여기가 저희 집이에요. 그냥 민박집이에요. 엄마가 워낙 이쁘고 아기자기한 걸 좋아하셔서 꾸미고 살아요. 부담 갖지 마세요. 아빠 또 병 안 치우셨네. 어제 숙박했던 손님들이 술을 엄청 마셔대더니 병이 저렇게 쌓였어요. 요즘 음주규제 때문에 시내에서는 술 마시기 힘들다구 야외로 나와서 저래놓고 가요. 저런 손님들 받지 말래두 엄마가 심한 규제는 오히려 역효과를 가져온다고 저들에게도 타협할 여지를 줘야 한대는데, 아주 못 마시게 하는 게 아니니 이미 타협의 여지를 주는 거 아닌가요? 책임이 없는 자유의 방종을 보면 저는 구역질이 나서, 이런, 미안해요.

제가 좀 말이 많죠?"

"네……. 부모님과 함께 사시는군요."

"네, 우리 아들하구요. 주무실 곳은 저기 오른쪽 자갈길 따라 가면 입구가 있어요. 저녁 먹고 제가 안내할게요. 어매!! 지 다녀 왔소. 준경이 일찍 왔능겨?"

"손님 데빌고 왔능가? 일로 앉으씨요."

"제 아들 허준경이에요. 10살이에요. 조심하세요. 큭큭."

"낮에 봤던 아이 같은데 '허햄릿'이라고 했었는데."

"그랬나요? 저 녀석이 '셰익스피어'를 좋아해요. 주의 줬는데 또 그러고 돌아다녔나 보네요. 잘생겼죠? 그이를 꼭 닮았어요. 잘 커줘서 너무 고마워요."

그녀의 아들은 그런 우리를 멀찌감치 서서 무표정하게 바라보고는 다시 자기 방으로 들어가 버렸다.

PM 8:00 세주네 집

"그짝, 이 노래 아는가?"

저녁 식사 후 소파에 앉은 그녀의 아버지는 「Don Mclean」의 〈Vincent〉를 연주하며 노래 부르기 시작했다. 사과와 삶은 옥수수를 내오며 남편의 옆에 다정히 앉는 그녀의 어머니는 머리를 곱게 틀어 올리고 능숙하게 사과를 깎으며 노래를 불렀다.

"starry starry night……."

"엄마가 고흐를 좋아하세요. 저 그림은 엄마가 결혼 전에 아빠에게 선물 받으신 거래요. 선물하면서 저 노래를 부르며 호수 위에서 프러포즈하셨대요. 낭만적이죠? 두 분 사시는 게 그래요. 그림 같고 엄마가 쓰는 시 같고, 아빠 기타 선율 같아요. 저만 빼구요. 이런, 또 쓸데없는 얘기를 늘어놓았네요. 피곤한데 그만 주무세요. 전망이 좋아요. 바람도 시원하고 잘 오셨어요."

"어머니, 제가 방 알려드려도 되죠?"

"아저씨 괴롭히지 않는다고 약속할 수 있지? 제일 넓은 방 드리렴."

"네, 아저씨. 이쪽으로 오세요."

"우와! 나이키네요. 우리 어머니는 굳이 차이가 얼마 나지 않는다면 국산을 써야 한다고 하셨는데. 아저씨는 다른 나라 주머니에 직접 돈을 가져다주시는군요. 클클……. 농담이에요. 저도 나이키 쓰고 싶은데 어머니 때문에요. 여기예요."

"전망이 좋구나. 근데 아버지는 어디 가셨니?"

"그건 왜 물으세요? 우리 엄마가 좋으세요? 딴 맘 품지 마세요. 아버지 살아 계세요. 심심하시면 제가 비디오 가져다 드릴까요? 어머니 몰래 빌려다 놓은 게 있어요. 아동용은 제 수준에 맞지 않아서요. 〈색계〉, 〈파리, 사랑한 날들〉, 〈연인〉. 뭐 가져다 드릴까요?"

"비디오는 별로 안 좋아하는데, 농구 할래?"

"저는 운동은 거의 안 해요. 운동은 엄마가 좋아하는데, 저는 심장이 안 좋아서 무리해서 뛰면 안 된대요. 아빠 닮았대나 봐요."

"엄마가 운동을 좋아하시는구나……."

"아저씨, 뭐 하나 물어봐도 돼요?"

"응, 뭔데?"

"왜 여자 몸을 보면 거기가 단단해질까요? 남성의 몸이 여성을 보면 흥분해서 반응하고 사랑하는 거라고 어머니가 그러셨는데 왜 저는 제 친구 참해영을 봐도 화근미를 봐도 몸이 반응을 하는 거죠? 그럼 모두를 사랑해야 하나요?"

〈한 살 차이 나는데 말 놓을게. 우리 이제 친구야. 우리 집에 갈래?〉

〈아니, 아니, 꺅! 안 잡아주셔도 괜찮아요.〉

"너만 그런 게 아니라 남성이라면 모두가 그래. 꼭 여성만이 아니더라도 매력을 느끼는 사람이라면 남성에게도 반응할 수 있어. 그렇다고 해서 그들 모두를 사랑하는 건 아니지. 그런 성적인 반응이 있어야 하는 건 당연한 거고 그것 외에 그들 중 나만큼 내게 성적매력을 느끼는 사람들 중에서 다른 많은 부분에서 공유하고 끌려 함께할 수 있는 사람을 선택해 사랑하는 거야. 그러니 남성의 몸을 지니고 태어난 우리는 더욱 신중해져야 하는 거야. 선택할 수 없다면 아직 자신의 사람을 못 만난 거니 기다리는 게 좋겠지. 농구 배워볼래?"

"아저씨는 당연한 듯 말하지만 저는 그 당연한 사실 자체가 죽을 만큼 괴로워요. 이런 몸을 가지고 어떻게 누군가를 사랑한다고 말하죠? 우리 아버지는 왜 저를 엄마에게 주고서 다른 여자랑 사는 거죠? 왜 우린 이렇게 괴로움을 겪으며 살아가야만 하는 거죠? 네? 왜요? 왜!!! 흑흑…….”

“허.준.경!!!! 네 방으로 들어가거라.”

그녀의 아들은 그녀가 무서운지 그녀를 보자마자 할머니에게로 뛰어갔다.

“제 책 이리 주세요. 일부러 준경이에게는 상세히 말 안 했어요. 저 녀석을 잘 아니까요. 생각이 깊은 아이라 금방 스스로 깨달을 거예요. 어쩌면 평생 괴로워하며 살지도 모르지만 어쩌겠어요. 우리 힘으로 되는 일이 아닌걸요.”

“죄송합니다. 가게에서 세주 씨 기다리다 책꽂이에 꽂힌 걸 봤는데 저자가 세주 씨와 동명이인이길래 호기심에 읽었어요. 여기. 그런데 왜 제목이《웃지말아요, 셰익스피어》입니까?”

“셰익스피어에 대한 오마주에요. 준경이가 세상에 대해 아파하는 모습이 꼭 제 어릴 적 같아서, 앞으로 더 많이 아플 텐데 부서질까 걱정이에요. 주무세요. 제가 안내해드렸어야 했는데. 미안해요. 내일 아침에 봐요.”

“네……. 안녕히 주무세요. 저기, 죄송합니다.”

그녀는 슬프게 웃으며 애써 밝게 인사하고 집 안으로 들어갔다. 달빛에 희미하게 드러나는 그녀의 뒷모습이 참으로 고독하게 느껴졌다. 이 순간에도 어깨에 손을 뻗어 그녀를 안고 싶은 마음과 여왕개미의 꿈틀거림이 함께한다는 사실에 새삼 역겨움을 느끼며 금강으로 시선을 돌렸다.

바다를 향해 묵묵히 나아가는 강, 어쩌면 나는 그 강줄기 중의 하나이고 같은 방향으로 향하는 또 다른 정해진 강줄기, 너를 만나는 일은 선택의 문제가 아닐지도 모른다는 생각을 해본다. 나는 왜 이곳에서 그녀를 만난 것일까?

AM 8:00 군산 시내

세주는 백미러로 준경의 눈치를 살폈다. 준경은 고개를 숙인 채 보드를 만지작거리고 있었고, 그 옆에는 세주의 책《웃지말아요, 셰익스피어》가 놓여져 있었다. 세주, 목인, 준경 그들 셋의 당연하지만 받아들이기 힘든 고뇌가 거리를 만들어 그들을 일억 광년 떨어진 별들처럼 겉돌게 만들었다. 그들의 공간을 「Boyz II Men」의 〈Human Natural〉이 채우고 있었다. 그녀는 초등학교 횡단보도 앞에 차를 세웠다.

“오늘 밤에 엄마 모임 있어. 또 보드 타고 가지 말고 꼭 버스 타고 가, 약속하지?”

“전 거짓 약속을 하는 남자가 아니에요. 아마 보드 타고 갈 거 같아요.”

녀석은 뭔가 생각난 듯 뒤돌아서서 한마디 덧붙인 뒤 교문으로 뛰어갔다.

"엄마, 셰익스피어가 웃는 건 당연해요. 인간으로서의 슬픔은 진화라는 것을 모르니까요……. 아저씨도 고마워요."

그녀는 준경의 뒷모습을 두 눈을 그렁이며 바라보다 결국 울음을 터뜨리고 말았다. 그녀의 작은 어깨가 애처롭게 들썩였다. 운전석에 엎드린 그녀에게 손을 뻗으려던 나는 다시 거두어 손수건과 생수병을 건넸다.

"저 녀석이 언제 저렇게 커버렸죠? 죄송해요. 아마 아빠 또래의 누군가가 우리 일상에 들어와 억누르고 있었던 욕구들을 끄집어내고 있나 봐요."

〈흑흑……. 포돌이랑 둘이 만날 때는 몰랐는데 걔 친구들 만나고 알았어. 내가 누나라는 거.〉

울면서 안겨 오던 여왕개미가 또 떠올랐다.

"저 녀석에게 동화되었나 봐요. 막 진지해지고 싶어지는데요."

"크큭, 농담하지 마세요. 저 녀석에게는 진실로 심각한 고민이니까요."

"울다 웃으면 안 되는데, 큭, 그리고 저도 심각하거든요. 하하하"

그때 전화벨이 울렸다.

"내 속엔 내가 너무나 많아. 그대 쉴 곳 없네."

그녀가 통화버튼을 누르자 폰과 연결된 차 안의 프로젝트에서 쏟아진 빛들이 가상의 형체를 만들어 내었다. 그녀의 어머니였다.

"준경이는 학교 잘 가등가? 어쩜 그러코롬 지 어매를 빼닮았스까. 가나그 어렸을 때 꼭 그러코롬 속을 썩이더마."

"어매는 내가 언쟈 그러코롬 했다 그러시오. 그라더라도 여 손님 있는디. 아는 다 풀리쏘. 걱정 마소. 끊을게라."

"영상통화군요. 언제 이런 게 생긴 거죠? 신기하네요."

"네? 목인 씨는 참 알 수 없는 말만 하시네요. 큭큭. 방앗간 들렀다 갈게요. 바로 요 앞이에요."

나는 운전을 하는 그녀의 손에 낀 반지에 느낀 묘한 질투심에 놀라 고개를 창밖으로 돌렸다. 아파트 거실처럼 깨끗이 단장된 도로를 한 블록 지나 부두 근처의 허름한 적갈색의 지붕을 가진 건물 앞에 차가 멈추었다. 화물선의 기적 소리와 갈매기, 부두의 일꾼들이 바다의 인사를 대신하고 있었다. 새삼스럽게 바다 내음에 친근함을 느끼며 기지개를 피는 찰라, 길 건너편에서 큰 소리가 오고 가고 있었다.

"응? 싸움 났나 보네. 아짐 뭐 땀시 그란다요?"

"어찌 아스까나, 참말로 요거 속에서 천불이 솟아 더는 못 참을 일이시."

"와요, 와 그란디요. 조단조단 말을 혀보씨요."

"또 무신 뜽금 읎는 소리 헐라고 그러냐."

"참말이제 혀도 혀도 너무덜 한다. 저 독사 같은 넘이 나가 지 깔따구라고 사방팔방 시부랑거리고 돌아댕긴다고 현다. 무작시런 눔. 우리멩키로 불쌍헌 가이내들 껍데기 벳게 묵는 저런 눔을 감옥에 처너야 하는디, 순사들은 멀 허는고, 하이고, 콱 주거뻴란다."

"와따, 무담씨 무참주고 그러요이, 그짝이 맘에 있은께 그런 것이제."

"고럼 아니더랑가? 우릴랑 야그가 사실인적 알았제. 어데 알았당가."

"아이고, 콱 주거삘란다. 참말로 징하고 무작시런 눔들."

"세주 씨, 나서지 마세요. 그냥 작은 다툼 같은데"

"네?!!! 작은 다툼이라니요. 목인 씨 눈에는 이게 작은 다툼으로 보이나요? 놔보세요. 아짐, 진정하소. 목숨 지키는 일이 젤 중헌 일잉께. 아재, 솔찬이 거짓말했소, 안 했소. 경찰 부를 것이요."

"머리도 안까진 양반이 워째 그런당가? 저 가이내가 좀 변덕스러운 것인디."

"아이고, 요런 미꼬미 읎는 세상을 인자 워째야 쓰까? 아야 뭐하노 경찰 싸게 부르더라고."

아주머니의 의사를 확인한 그녀는 전신주의 붉은색 버튼을 눌렀다. 그러자 곧 경찰복을 입은 가상의 형체가 사람들의 사이에 나타났다. 내가 손을 휘젓자 그녀가 말했다.

"만지지 마십시오. 공무 수행 중입니다. 군산시경 민사 분쟁 담당 '민정경' 경사입니다. 사건 내역은 이미 5년 전부터 서에 접수된 상태로 방앗간 아주머니 '덕콩분' 님의 신고를 기다리고 있었습니다. '덕콩분' 님을 자신의 깔따구라고 허위사실을 유포해 덕콩분 님의 주변을 따라다니며 부당이익을 취한 '묵돌쇠' 님에게는 형법 제307조에 의거 「명예훼손죄」, 전기통신기본법 제47조 1항에 의거한 「허위사실유포죄」, 언어폭력법 제25항에 의거한「정신적가해죄」, 형법 제347조에 의거한「사기죄」, 대인공포유발행위법 제1조에 의거한「스토킹죄」가 적용되며, 덕콩분 님과의 합의가 없을 시 징역 5년, 합의와 무관하게 접근금지 2㎞형이 주어집니다. 모든 접근은 위성에서 통제될 것입니다. 다음은 '묵돌쇠' 님의 말을 사실 확인 없이 유포한 '묵돌쇠' 님의 친구 '모르고' 님과 '무사고' 님에게는 전기통신기본법 제47조 1항에 의거한「허위사실유포죄」, 대인공포유발행위법 제1조 3항에 의거한「스토킹 동조죄」가 적용되며, 합의가 없을 시 징역 1년의 죄가 주어집니다. 그리고 합의와 상관없이 모든 죄상은 기록될 것입니다. 또한 '모르고' 님은 언어폭력법 제50항의「인격무시비속어죄」가 적용되는 욕설을 자신과 무관한 타인에게 행한 기록이 발견되어 사회봉사 50시간의 벌이 추가 적용되었습니다. 덕콩분 님 합의하시겠습니까?"

"자들 인생이 요로코롬 불쌍 안 허요. 경찰 선상이 쪼매 선처해주소. 요것들아, 인자 주변에 얼씬도 하들 말드라고."

"덕콩분 님의 고소취하가 접수되었습니다. 피해자 덕콩분 님 외 신고해주신 32세 허세주 님과 응? 잠시 네트워크상의 오류로 유목인 님의 신분이 확인 불가합니다. 여러분의 주변도 위성을 통해 2㎞ 안전통제됩니다. 언어폭력을 행한 '모르고' 님은 이틀 이내로 사회봉사장소를 지정받게 될 것입니다. 감사합니다. 정의사회를 구현하는 군산시경 '민정경' 경사였습니다. 앞으로도 분쟁 없는 군산을 위해 노력해주십시오. 그럼 이만. 츠윽."

"워메, 인자 두 다리 뻗고 자겄네."

"참말로 미안시럽소. 다시는 저눔아가 이런 일이 읎도록 우리가 단도리 하겄소."

"맴이 통허나 마나, 지 신세 각다분헌께 나가 살살 달게 먼 말 들겄제. 탁배기나 하러 갑세."

"잘 가소. 정신 똑바로 채리고들 사소."

"세주 아야. 고맙고만잉."

"진직 신고를 하지 그러셨소."

"우리 같은 무지렁이들이 그런 법이 있능 거를 우째 알겠는가, 가래떡 좀 가지고 가서 어매 드리드라고, 잘 계시단가?"

"야, 오늘은 지 가게일 땜시 왔소, 매일 요만큼 뽑아주이소. 그라믄 가볼게라. 무슨 일 있으믄 전화하소. 알겠지라?"

"그라제, 저 젊은 양반은 새서방인가 보네. 아따 인물 한번 반반허이. 잘 가더라고."

"아니요, 아짐씨도 참, 나 가요."

서방이라는 말에 세주는 얼굴에 한가득 꽃을 피우고서 밖으로 나왔다. 차에 기대어 기다리다, 처음 보는 그녀의 활짝 웃는 얼굴에 나는 심장이 뛰었다.

PM 5:00

'32살이면 나보다 4살 많구나……. 어려 보였는데, 하긴 준경이가 10살이랬지.'

"목인 씨, 무슨 생각 하세요? 기계 다음은 뭔가요? 빛인가요?"

"아……. 네. 본사에서 조명의 종류와 조도도 관리를 해드리고 있습니다. 매장의 통일된 이미지 메이킹을 위해서 조명, 복장, 서비스, 맛, 직원 등을 관리해 드릴 겁니다. 저는 본사와 세주 씨 사이의 매개체 역할을 해드릴 거구요. 부탁하고 싶은 것이 있으시면 부담 갖지 마시고 전화하시면 됩니다. 아시겠죠?"

"네, 오늘 저녁에 약속 있다고 하셨죠? 저도 모임이 있어서 늦게 갈 거예요. 끝나고 제게 전화하세요. 택시 타지 마시구요. 아시겠죠? 큭큭."

그녀는 장난스럽게 그의 말투를 따라 하고는 재밌다는 듯 웃었다.

"나중에 밤에 전화 드릴게요. 고생 많으셨습니다."

"네, 수고하셨습니다."

목인은 서류철과 노트북이 든 가방을 챙겨 들고 가게를 나섰다. 그런 목인을 안 보는 척 매뉴얼을 뒤적이던 세주는 흘깃 고개를 들고 얕은 한숨을 내쉬고는 다시 매뉴얼을 정리하기 시작했다. 카운터 앞의 액자에는 곱슬머리의 한 청년이 환하게 웃고 있었다. 세주는 갑자기 액자를 덮어버리고 헐렁한 검은색 티셔츠 위에 검은색 큰 재킷을 걸치고는 가게를 나섰다.

〈제가 해볼게요. 이리 줘보세요.〉

〈앗! 열쇠 여기. 죄송해요. 쿡.〉

"쿡, 내가 왜 이러지? 오랜만에 고기나 실컷 먹어야겠네."

세주는 천천히 부둣가로 자신의 차 '풍운'을 몰았다. 그녀는 선착장에 차를 세웠다. 주홍빛 노을이 그녀의 눈동자를 물들이고 있었다.

"풍운, 나 이제 그 사람 보내줘야 할 거 같아. 그래야만 할 거 같아."

그녀는 눈물 웃음을 지으며 차의 계기판 옆의 많은 버튼 중 '위로'라고 쓰여진 버튼을 눌렀다. '위로' 버튼에 푸른색 불이 들어오자 「Westlife」의 〈Too Hard To Say Goodbye〉와 함께 남자의 목소리가 들렸다. 운전자의 감정 상태에 따라 응답할 수 있도록 프로그래밍되어진 시스템이었다.

"세주, 이 음악이 위로가 될지 모르겠어요. 잘 생각했어요. 난 항상 세주 편이에요."

"응, 노래 좋아. 고마워."

바다를 향해 흐르는 음악과 따뜻한 미풍이 그녀와 그녀의 친구를 감싸 안았다. 그녀의 얼굴은 무거운 배낭을 내려놓은 여행자처럼 홀가분해 보였다. 밀려오는 파도소리에 그를 실어 어둠의 허공 속에 날려 보낸다. 영원히 만나지 못할 허공 속으로…….

그 시간 목인은 「삼겹살을 사랑하는 사람들」 카페 군산 회원들을 만나고 있었다. 부두 근처의 「희생」이라는 이름의 삼겹살집에 회원 껍데기, 꽃등심, 갈빗살, 가게주인인 군산오겹, 목인이 둥그렇게 둘러앉아 이야기를 나누었다. 가게의 한쪽엔 고깃배를 부두에 정박하고 여로를 풀기 위해 들른 어부들이 시끄럽게 큰 소리를 내고 있었다. 멀리 부두에서 뱃고동 소리가 바다의 어둠을 밝히고 있었다. 가게에는 주인이 '그녀가 좋아혀서…….'라며 수줍게 웃으며 틀어놓은 「시인과 촌장」의 앨범 〈푸른 돛〉이 흘렀다.

통성명이 끝나고 고기가 노릇하게 익어가고 있을 때 부둣가의 희미한 가로등 아래를 지나 열려진 가게의 사로를 밟고, 세주가 웃으며 들어와 주인과 꽃등심 사이의 빈 의자, 목인의 앞에 앉았다. 그녀는 한참을 인사한 후에야 목인을 인지하고는 조금 놀란 듯 그 큰 눈을 동그랗게 떴다.

"어, 목인씨, 어떻게 된 거예요? 약속이 그럼……. 서울서 온다던 운영자가 목인 씨였어요? 큭큭……. 어쩜 좋아. 큭큭."

"큭큭큭큭……."

〈사랑해요라고 쓴다. 사랑해요라고 쓴다. 사랑해요라고 쓴다.〉

세주와 목인은 잠시 그렇게 마주 보며 웃고 있었다.

"와요, 와 웃는기요. 같이 웃습메."

군산오겹이 많이 속상한 듯 보였다.

"큭큭, 아니요. 근디 감사기도는 드렸소?"

"가이내 니 오믄 드릴라 기다렸는디. 어여 드리더라고요."

그들은 굽고 있는 고기 판을 향해 일제히 고개를 숙였다.

"희생을 통해 우리를 살찌우는 당신께 감사드립니다."

알 수 없는 우스운 그들의 행위에 목인은 의아한 표정을 지었다.

"운영자님, 와 그라요. 와 기도 안 해부러요?"

“네? 저는 신자가 아니에요.”

“목인 씨 모르셨어요? 허용된 살아 있는 생물의 죽음과 관련된 모든 음식물을 섭취할 시 희생에 대한 감사기도를 드려야 하는 것이 새로 제정된 지구법에 지정되었잖아요. 지구법에서 허용되지 않은 멸종위기의 생물을 섭취할 시 특히, 고래 같은 생물의 목숨을 끊으면 못해도 20년 이상의 구형이 주어져요. 빨리 기도하세요.”

목인은 그들이 자신을 놀리는 것인지, 사실인지 분간하기 힘들었지만, 그것보다 세주가 마주 앉아 웃고 있다는 사실에 설레어 아무래도 상관이 없었다.

나이가 마흔은 되어 보이는 ‘군산오겹’은 고기가 구워지는 대로 세주 앞에 가져다 놓았다. 목인은 사람들과 마시고 웃고 떠들었지만 오로지 그녀의 슬프고 깊은 눈만 보였다. 목인은 자꾸만 술잔을 비웠다. 그런 목인의 눈길을 세주는 애써 외면했다. 목인이 다시 잔을 들자 갑자기 벨이 울리기 시작했다.

“위이잉, 위이잉, 위험, 위험, 체내 알콜 분해 수치를 넘어섰습니다. 주의하십시오.”

“아요, 운영자님 땜시 인자 탁배기 한잔도 못 해부더라고, 고기만 우째 묵을끼요. 고마 집에들 가더라고.”

“그라더라고. 우리 술 애끼 묵는 거 안 보이는 갑제. 담에들 보더라고.”

“아니, 왜들 갑자기 다들 가십니까? 담에 서울들 오시면 한잔 사겠습니다.”

"한 잔만 살 낀 갑네. 열잔 사이소. 우린 가요."

"아재, 운영자님 데빌고 지도 그만 가볼게라."

"아따마, 좀 더 있다 가지메. 알겄다. 고기 좀 싸 가더라고."

"아이고 돼쏘, 껄떡대지 마쇼. 큭큭. 나가요."

"목인 씨 그만 가죠."

"내려오면 또 들리겠습니다. 잘 먹고 갑니다. 군산오겹 님. 세주 씨! 같이 가요."

가로등 아래 걸어가는 목인과 세주의 그림자를 바라보는 군산오겹의 눈동자가 타들어가는 고기처럼 쓸쓸했다.

"몇 잔 마시지도 않았는데 왜 그만 마시래죠? 음주법 무섭네요, 참. 알면 알수록 신기한 곳이네요. 근데 어쩌죠? 세주 씨 술 마셨죠. 운전은 어쩐다죠? 음주운전 할 수도 없고."

"오랜만에 술 마셔서 기분 좋은데 맥주 한잔 더 할까요? 어차피 고기 냄새 때문에 집에 못 들어가요. 제가 사올게요. 차 있는데 먼저 가 있어요. 열쇠 여기! 아, 기분 좋다. 빨리 다녀올게요!!"

"괜찮은 거예요? 세주 씨!!!"

2011.10.07. AM 7:00

"때릉, 때릉, 때릉, 때릉."

"I want to break free……."

"으음……. 여보세요? 「spice쌀떡볶이」 슈퍼바이저 유목인입니다."

"야! 왔다면서 엉아한테 연락도 없냐. 배고파. 밥 사. 군산 갈 거면 같이 가지. 에잇, 치사한 넘."

"응? 뭐야. 나 서울이야?"

"나 오후에 갈 테니까. 밥해놔. 안농! 딸깍."

"응? 뭐야……."

나는 베개에 얼굴을 파묻고서 그녀와의 밤을 떠올려본다. 그녀는 해맑게 웃으며 맥주캔과 안주를 사 들고 왔고, 풍운에 기대어 달빛 아래서 술을 마셨다. 그녀는 그녀의 지난 사랑과 준경이의 이야기를 스스럼없이 재잘대었고, 나는 그런 그녀를 사랑스럽게 바라보다 살포시 그녀의 턱을 쥐고 입술의 달빛을 훔쳤다. 그녀는 은사시나무처럼 가늘게 몸을 떨고 있었다. 그녀의 눈에서 뜨거운 눈물이 볼을 타고 내 입술로 떨어졌다.

"I want break free……."

"여보세요!!!"

"떠돌아 언제 왔어. 집에 놀러 와. 만화책 빌려놨어."

여왕개미의 목소리를 듣는 순간 나는 샤프란 향과 함께 남은 그녀의 아침 햇살처럼 아련한 체취를 떠올렸다.

〈빨리 다녀올게요.〉

"? 야!!"

"응. 나 일이 많아. 내일 녀석들이랑 같이 보자."

"뭐야. 그럼 내일 봐. 딸깍."

나는 전화를 끊고서 집어 든 탁자 위에 놓인 하늘색 손수건의 샤프란 향에 그만 눈물을 흘리고 말았다.

그는 주말에 다시 군산을 방문했지만 어디에서도 그녀의 흔적을 찾을 수 없었다. 그녀와 사랑을 나눴던 부둣가에 투싼을 세우고 멍하니 서 있는 그의 뒤로 교복을 입은 단발머리의 여자아이가 노래를 부르며 지나가고 있었다.

〈웃지말아요. 셰익스피어〉

죽거나 살거나 그것이 문제로다.
햄릿의 여린 고뇌의 아픔을 기억해요.
그래요. 그는 아파할 용기라도 있었죠.
비겁한 당신, 나의 사랑 셰익스피어.
아파할 수도 없어, 노래한 당신.
웃지말아요. 셰익스피어
웃지말아요. 셰익스피어
오, 제발. 웃지 말아 주세요. 셰익스피어.
햄릿의 고뇌와 다름없는 우리를 보고 있나요.
아파할 수도 없는 나를 보고 있나요.
비겁한 당신, 나의 사랑 셰익스피어.
아파할 수도 없어 노래하는 나를 봐주세요.

- THE END -

거미줄 위를
걸어봐

그것은 풍족하면 풍족한 곳을, 부족하면 부족한 곳을 노리고서 주변을 어슬렁거린다. 그리고는 빠져나갈 틈 없는 미세한 장막을 만들어 지쳐 쓰러지길 기다린다. 발버둥 치면 칠수록 그 냉혹한 투명의 액체가 신체와 정신의 모든 신경을 붙잡아 쥐고 뒤흔들 것이다. 그 투명의 장막 위를 걸어가야 소중하다고 여기는 것들을 지켜낼 수 있다. 무엇인가를 탓하려는 허비를 거두자. 모든 것은 판도라의 상자가 열렸을 때 시작되었으니까…….

1987.06.10. 수요일 AM 11:00 S대

서울 잠실 체육관에서 민정당 전당대회가 열렸다. 그리고 이날 간선제 선거를 통해 5공화국 정권을 계승할 민정당 대통령 후보 노태우 대표가 선출됐다. 국민들은 민정당이 간접선거 방식인 이른바 체육관 선거로 정권을 연장하려는 데 거세게 저항

했다. 전국 22개 도시에서 도시 중산층과 샐러리맨들까지 가세, 한국 현대사에 하나의 분수령을 이룬 6월항쟁을 이끌어냈고, 항쟁의 결과 집권당인 민정당은 대통령 직선제 개헌과 제반 민주화 조치 시행을 국민들에게 약속한 '6.29 선언'을 발표하였다.

S대, 교내는 이미 시위대들의 함성소리와 이들을 저지하려는 무장경찰들과 각목을 휘두르는 낯선 사내들이 앞을 볼 수 없는 희뿌연 최루탄 속에서 각축전을 벌이고 있었다. 학생들이 어디론가 대피하고 잠들어 버린 강의동의 복도를 깨우는 둔탁한 발자국 소리가 들려왔다. 문과대의 허름한 강의실에 숨어 있던 여학생들은 놀란 눈을 주고받으며 다급히 의자에 앉아 책을 펼쳤다. 잠시 후 강의실의 문을 거세게 열고 건장한 한 청년이 뛰어 들어왔다.

"다아라! 어디 있니, 아라야!"

고개를 숙인 채 책을 보는척하던 머리를 뒤로 곱게 묶은 창백한 얼굴의 여학생의 얼굴 위로 안도의 빛이 스치고 지나갔다.

"안심해. 내 친구야. 두한아, 밖은 좀 어때?"

"여기 있음 위험해. 시위에 가담하지 않은 학생들도 전부 잡아가고 있어. 어서, 학교를 벗어나자. 교문은 이미 대치상태라 담을 넘어야 할 것 같아."

"내가 괜히 고집부려서 너까지 위험해져 버렸어. 미안해."

어두운 강의실을 가로지르며 하이얀 빛줄기가 그녀의 글썽이는 눈망울에 반사되어 흩어져 가슴을 설레게 했다.

"또, 또, 내가 말했잖아. 이미 결정된 일을 탓하는 것은 무의미하다고, 앞으로 어떻게 할지가 중요한 거라고, 너는 내가 반드시 지킬 테니까 어서 여기를 벗어나자. 어서 나가시죠."

그는 또 그렇게 그녀의 손을 잡고 복도를 뛰고 있다. 꼭 그렇게 그녀의 손을 잡고 뛰었던 그날 이후로 3년이 흘러 있었다.

1984.04.27. 금요일 PM 3:00

서울 미디 인문계 고등학교 3학년 5반 교실

내 이름은 '폴 박'이다. 한국에서는 '박 폴'이라고 부른다. 국적도 생긴 것도 저 아이들과 같지만 사실 내 고향은 전설적인 록그룹 「비틀즈」의 고장 영국의 '리버풀'이다. 내게 끝없는 영감을 주었던 그곳의 우울한 하늘과 미지의 대지들이 그립지만 소박하고 친근한 사람들이 있는 이곳이 나쁘지만은 않다. 막무가내의 자신들의 권리를 주장하는 것이 이곳 사람들의 매력이다. 또 그것을 구경하는 것은 요즘 나의 유일한 즐거움이다.

저기 슈퍼맨 자세로 대놓고 자고 있는 녀석은 나의 밴드 '딱정벌레'의 멤버 '조네노'이다. 저 헝클어진 머리와 볼을 타고 노트를 물들이는 녀석의 입에서 흘러나오는 타액을 보면 우리 밴드의 「존 레논」이라는 별명이 아깝게 느껴질지 모르겠지만 저래 봬도 녀석의 시는 가히 리버풀의 「존 레논」을 능가한다고 음악인의 자존심을 걸고 장담한다. 저 Crazy Dog도 이미 녀석이 내뱉는 언어의 마술에 최면이 걸린 상태다.

"아름다운 헤라클레스의 속삭임이 이성의 세포들을 마비시키니 내 어찌 잠들지 않을 수 있을까……."

'조네노'를 보며 히죽대는 곱상한 녀석은 '딱정벌레'의 드러머 '이고다', 세상의 모든 칭찬이 자기를 향하는 줄 착각하고 사는 녀석이다. 뭔가 uncomfortable 하지만 흠잡을 데라고는 찾아볼 수 없는 것이 사실이다. 인정할 건 인정하자. 남자답게.

저기 눈을 반짝이며 칠판을 주시하는 그녀는 나의 정신적 지주 '딱정벌레'의 리드기타 '지혜리'이다. 터프한 그녀는 '언젠가는 이고다의 흠을 찾아내겠다.' 벼르더니 어느새 고3이 되어버렸다. 둘은 앙숙이다. 둘의 다툼을 지켜보기 위해서라도 녀석들과 꼭 같은 학교로 진학했으면 하는 것이 나의 작은 바람이다.

"아아악! 바다가 보고 싶어!!"

깜짝이야. 지금 머리를 쥐어뜯으며 나가는 저 짱구 녀석은 전교 1등 '나일구'이다. 툭하면 미친 척 발작하고 뛰쳐나가는 상습범이다. 내일이 토요일이니 월요일에는 또 아무 일도 없는 듯 저 자리에 앉아 교과서를 들여다보고 있을 것이 분명하다.

"오늘 수업은 여기까지 하기로 하고 나머지는 자습이다. 주말이라고 책상 앞에 붙어 있지 말고 놀러 다녀라. 술도 마시고. 그럼 11월에 가고 싶은 곳 못 간다고 실컷 울게 될 테니까. 저 빈자리 누구야."

"어차피 집에 돈이 없어서 가고 싶은 곳 못 가는데요."

"사랑하는 여자가 '김소월'도 모르냐고 안 만나주면 그래도 놀래?"

"에이, 선생님 저는 우리 심수봉이 있는데요. 괜찮습니다. 수진이도 '김소월' 모릅니다."

"야아, 나 김소월 알거든. 개나리꽃."

선생님의 말에 꼬박꼬박 말대답하는 것을 즐기는 저 험상궂은 덩치는 '고부오'라는 녀석이다. 심수봉보다 자신이 노래를 더 잘 부른다고 착각하는 심수진과 열애 중이다. 워낙에 티를 내고 다녀서 교내에 모르는 이가 없을 정도다. 어떤 아이의 얘기로는 남자를 자주 바꾸는 수진이 때문에 일부러 부오 녀석이 더 소문을 내고 다닌다고 하는데 틀린 말은 아닌 것처럼 보인다.

"그럼, 주말들 잘 보내고. 반장, 인사."

"차렷, 경례."

"우리 아라는 갈수록 이뻐지네. 그래, 청소 마무리 잘하고."

저 노총각 선생이 slimy한 눈길을 건네는 반장은 '다아라'이다. 아라의 어머니가 하시는 음악다방은 예술계의 각종 인사들이 모이는 우리 '딱정벌레'의 아지트이다. 그래서인지 참 똑똑한 녀석인데 왜 '뮤즈' 같은 불량서클 여자애들과 어울리는지 알다가도 모를 일이다.

"얘 폴, 나 '뮤즈' 멤버 아니거든. 지들이 내 의사 상관없이 맘대로 멤버에 넣은 거거든. 소개할 거면 똑바로 해. 그리고 니네들, 엄마가 외상값 빨랑 갚으래. 얘들아 청소해. 일찍 집에 가자."

"야! 히나소! 담배꽁초 교실 바닥에 버리지 말랬지. 니네 안방에서도 그러니? 불나면 네가 책임질래?"

누가 혜리 좀 말려야 할 텐데. 수업시간이면 언제나 뒷자리에서 담배를 피워대는 저 녀석은 '히나소'라는 무서운 울 학교 짱이다. 소문으로는 강북의 대표조직 중간보스의 오른팔이라고 하는데 강남의 조직 중간보스 애인인 '주금자'와는 늘 신경전을 벌인다.

주금자가 이끄는 '뮤즈'는 여자애들을 꼬드겨서 조직의 뒷거래에 이용한다는 소문이 있지만 자세한 것은 알 수가 없다. 분명한 것은 그녀들이 화려하고 이쁘다는 것이고 순진한 남학생들과 여학생들을 이용하는데 죄책감이 없다는 것이다.

"가장희, 알바 짤렸다면서? 그래서 도시락도 안 싸 오는 거니? 이 '주금자' 아니, '주예은'의 명성에 널 거두는 것은 도움이 못되지만 네가 좀 귀엽게 생겼으니까 내가 알바 자리 소개시켜줄까? 미칠아, 전에 네가 거부한 자리 장희한테 넘길게."

"응? 알아서 해. 나 바쁜 거 알잖아. 오빠들이 날 가만두지 않아."

"괜찮은데……. 무슨 일이야? 내가 빨리 일자리를 구해야 하긴 한데……."

"장희야, 내일 아침 10시까지 우리 카페 「학」으로 와. 전에 일하던 언니 그만둬서 사람 구하고 있어. 내가 엄마한테 말해둘게. 니넨 우리 반 아니니? 왜 청소 안 하니?"

"악, 먼지. 피부 상한단 말야. 너 우리 오빠들이 찜했어. 알고나 있으라구. 오빠들 찜한 건 안 놓치더라구."

"어우, 그러셔. 이 말 좀 꼭 전해줄래? 난 맛없는 건 안 먹는다구. 많이 먹어보면 딱 봐도 맛있는지, 맛없는지 알겠더라. 청소나 해!"

다행이다. 장희 저 순진한 녀석. 장희 할머니도 할머니지만 우리 조네노 상처받는 일 생길까 정말 Anxiety 하다.

"박 뿔! 이리와. 너 또 영어 썼지. 넌 어떻게 한국에 온 지 3년째인데 아직도 발음이 그러냐. 내가 신경에 거슬린다고 했지."

"딱!"

"아 씨……. 머리는 때리지 마. 곡 저장해둔 거 날아간단 말야."

"너, 대드냐? 자습시간 끝나고 농구 할 건데 인원 모자라니까 딴 데로 새지 마라. 셋 다."

"우리 연습있는데……."

"만화책으로 맞아볼래?"

"야! 이것들이 정말 보자 보자 하니까 얘네가 보자기인 줄 아나."

"혜리야, 제발 참아. 너 공부하고 있어, 금방 갈게."

"진양, 넌 아직도 애들 괴롭히고 다니냐. 대학은 포기한 거냐?"

"집에 돈이 넘쳐나는데 뭔 걱정이야."

"어렸을 적 우정으로 충고하는데, 히나소 그만 따라다니고 정신 차려라. 인생이 네 만화 같지만은 않아."

항상 만화책을 보는 '진양'과 함께 있는 저 꺽다리 녀석은 '조두한'이다. 자주 수업을 빼먹고 미술실에 가 있는 문제아인데 성적은 언제나 중상위권을 유지하는 신기한 녀석이다. 수업시간에도 항상 뭔가를 끄적이고, 항상 혼자 있다. 무슨 이유에서인지 학교 짱 히나소도 함부로 못 한다고 한다. 소문에 의하면 구미칠과 중학교 때 그렇고 그런 사이였다고 하고 흰 얼굴과 큰 키 때문에 여학생들에게 인기가 많다.

나도 얼굴이 희고 키도 크긴 한데 난 왜 인기가 없을까? 혼자 다녀봐야 하나?

"야! 뿔, 빨리 안 올래?"

"어, 금방 갈게. 그리고 나 폴이야."

"폴, 나 그냥 응원할래. 음료수 사 올게."

"야, 공부하래니까!"

"박폴, 우리는 대체 왜 낀 거냐? 나 농구 하기 싫거든."

"쉿! 손을 보호해야지. 목소리 좀 낮춰."

"우리 부오 응원해야지. 고부오! 고부오!"

"히나소, 벌써 힘 빼면 담주 격투는 어쩌려구. 너 우리 그이가 조심하래. 아라 건드리면 가만 안 둔대나 뭐래나. 크크."

"고부오, 시끄러운데 심수봉 좀 보내지?"

"앗, 그이 왔다. 나 먼저 갈게. 미칠아 너도 가자."

저 검은색 밴은 강남 조직의 중간보스의 차라고 한다. 주금자는 언제나 저 밴이 오면 열 일 제쳐두고 차를 타야 했다. 수업 도중에도 그녀들이 반장에게 접근하는 게 아무래도 조직과 연관된 일인듯해서 조금 걱정스럽다. 아, 또 이 오지랖. 대학 가면 이 녀석들에게서 벗어나 꿈같은 연애를 할 수 있겠지. 나의 세레나데를 선물할 그날이 오겠지.

"소개 다 끝난 거니? 열쇠 너 주고 가니까 잊지 마. 책임지고 교무실에 알지? 믿는다. 나 갈게."

"응! 크크. 고마워. 나 오늘 주인공 된 거 같애. 내가 책임지고 잠그고 갈게."

"뭐냐. '딱정벌레' 주연 아니었어? 저 박 폴 왜 설친 거야!!"

"괜찮아. 우린 아직 젊잖아. 기다려. 다음은 우리 세상이야."

"도대체 언제!!"

PM 7:00 두한네 빈대떡집

위로 올라가기 위해 경쟁하는 우리의 모습을 보여주듯 여러 형태의 가옥들이 남산 아래의 경사를 따라 틈 없이 무질서하게 들어선 후암동의 골목길을 두한은 책가방을 불량스럽게 옆으로 메고 오르고 있었다. 이 오르막의 끝에 있는 작은 공터에 두한의 집이 있다. 1층은 그의 어머니가 빈대떡집 가게로 생활을 꾸려나가는 용도로 사용했고, 2층과 3층인 옥탑방에서 두한과 두한의 어머니 그리고 D대 4학년인 경상학과를 다니는 누나 '조보영'이 거주했다.

가파른 골목길을 두한은 평지를 걷듯 가볍게 올라 뒤돌아 숨을 돌린다. 해가 막 넘어간 저녁의 어스름이 도시를 뒤덮어 푸르게 웃고 있었다. 밤을 보낼 곳을 찾았음을 알리는 불빛들이 하나 둘 거처를 알려왔고, 두한네 가게에서 「심수봉」의 노래 〈우리는 타인〉이 구슬프게 새어 나왔다. 보영은 학교 태권도 동아리 친구들과 일찍부터 몰려와 가게를 점령하고 있었다. 어디선가 나타난 지친 얼굴의 누렁이가 그의 발밑에서 꼬리를 흔들었다. 아랫동네의 강아지인듯한데 매일 두한네 주변을 어슬렁거렸다.

"또 왔니. 저기 봐. 아름답지? 도시는 매일 다른 그림을 그리고 있어. 살아 있는 미술관이지. 그래서 너도 매일 여기 올라오는 거니?"

"두한아, 학교 끝났니? 안 들어오고 뭐 해. 저녁 먹어야지."

빈 막걸리 박스들을 내놓던 그의 어머니가 두한을 발견하고 말을 건넸다. 가게 밖의 한구석에는 식재료와 막걸리의 빈 박스들이 어지럽게 쌓여져 있었고, 투명한 유리창으로 가게 내부가 훤히 들여다보였다. 반대쪽 골목에는 쓰고 하얗게 변해버린 연탄재들이 마을의 집들처럼 탑을 쌓아 동네 악동들의 놀이대상이 되었고, 벽에는 두한이 거울처럼 그려놓은 푸른 웃음을 띤 또 하나의 후암동이 있었다.

그는 '츠르르륵' 덜컹거리는 문을 열고 몸을 수그린 채 안으로 들어섰다.

"어이, 두한! 벌써 5단이라면서 가르친 보람이 있네. 내 제자."

"청출어람이네. 이제 겨루자는 말도 못 꺼내겠다."

"아, 뿌듯해라. 이런 게 후배 키우는 기쁨이구나. 너 우리 학교로 와라."

"안돼. 우리 두한이는 S대 갈 거야. 그치? 얘가 얼마나 똑똑한데, 니네처럼 무식하지가 않아요. 내 동생이지만 어쩜 요렇게 잘났을까? 엄마, 두한이 배고파. 찌개 빨리 주세요."

세월의 흔적으로 바랜 가게 내부의 초라한 시멘트벽은 크레파스를 손에 잡았던 세 살의 두한부터, 이제는 제법 의젓해진 현재의 두한이 그려놓은 그림들로 채워져 있었는데 테이블 하나만 들어가는 가게의 명당자리는 두한의 누나 친구들의 자리였다.

“여기 앉아서 한잔 받아.”

“아직 학생인데, 술 먹이지 말어. 밥 먹어야 돼.”

“엄마! 나 이제 19살인데. 19살이면 옛날에는 장가가서 애도 낳았대며”

“애! 그건 자식을 거둘 정도의 책임의 무게를 알던 시절 얘기지. 요즘 같이 나이 먹어도 안하무인인 시대에 그게 어디 될 법이나 한 소리니?”

“근데, 두한이 미대 가는 거 아니었어? 난 당연히 미대 갈 거라 생각했는데.”

친구가 불쑥 꺼낸 한마디에 웃고 떠들던 보영의 얼굴이 순간 굳어졌다.

“형, 미대는 무슨, 그림은 취미지. 법대나 경영학과 둘 중 성적 봐서 갈 거 같아요. 태권도 배운 거 써먹게 법대 가면 좋을 텐데. 크크. 한 잔 주세요.”

“글치, 우리 두한이 판사 돼서 나쁜 넘들 혼내줘야지. 오늘도 험상궂은 놈들 주변에 얼씬대서 엄마 맘이 편치가 않은데, 어여 밥 먹어.”

“오늘도 그 사람들 왔었어요? 형들이 자주 오니까 그 사람들 접근은 못 하고 주변만 어슬렁대는 거 같던데. 내 눈에 띄면 가만 안 둔다, 진짜.”

"제자, 태권도인의 정신을 잊으면 안 되지. 먼저 공격하지 않는다."

"주변에서 공포심을 조장하는 것도 공격하는 거라구요. 엄마가 불안에 떨고 있는 거 안 보이세요? 그들이 가하는 정신적 스트레스라는 보이지 않는 펀치에 드는 가슴의 멍이 엄마의 수명을 얼마씩 단축시키고 있다는 차원에서 보면 한 대의 펀치로 멍이 드는 것보다 더 위중의 공격이라니까요."

"그렇지! 그게 바로 내가 하고 싶은 말이야. 제자. 우리가 나라에게 받는 펀치. 우리는 단지 '학원 자율화'를 원할 뿐이라고."

"쉿! 목소리 좀 낮춰. 이상한 사람들 어슬렁댄대잖아. 쥐도 새도 모르게 사라지겠다."

"아 짜증 나. 대한민국 헌법은 도대체 왜 있는 거냐고. 우리가 대자보를 붙이는 것이, 이런 대화를 나누는 것이 무슨 국가 안전보장과 질서유지를 방해하고 공공복리를 저해하는 거냐고. 진짜. 내 의견도 말 못 해? 아 진짜."

"쟤 술 그만 먹여. 어떡해."

"왜! 왜! 나 당신 싫다고, 싫으면 색동분자야? 그게 다 흑백논리에 익숙한 논의 토론이라고는 모르는 이 나라 교육 현실이 만든 배출물들이라니까. 모 아니면 도라는 사고 좀 버리자고 좀. 난 개좋아, 똥개. 얼마나 귀여운데. 클클. 안 그러냐?"

"어? 난 똥개보다는 진돗개. 큭큭."

"에이 맛은 똥개가 맛있어."

"그건 그렇지."

"털을 벗겨서 뜨거운 물에 큭큭……."

"근데 고양이는 무슨 맛이 날까?"

두한은 술이 거하게 오른 형들과 누나를 두고 자리에서 일어났다. 정치 얘기만 나오면 늘 그렇게 슬그머니 피해버리곤 했다.

"두한아, 어디가. 요즘 애들은 왜 이렇게 정치에 무관심하냐. 이러다 또 히틀러 나오겠다. 됐다. 공부해라. 공부하는 게 남는 거다."

"형, 우리 같은 학생들은 학교와 이 시험에서 벗어나기만을 꿈꾸면서 긴 시간을 버티는데 형들 얘기 들으면 제 맘이 어떻겠어요."

"쯔쯧……. 또 저기 허황된 뻐꾸기 둥지를 찾는 어린 새 한 마리가 있네. 명심해, 네가 꿈꾸는 자유는 네 마음속에 있어."

"엄마! 나 학교에서 자습하다 올게요. 누나, 형들 또 내 방에서 재우지 말고 일찍 집에 보내."

"제자, 난 자네의 옥탑방이 좋다네. 자, 우리는 한잔 더 하세."

장난치는 그들을 뒤로하고 두한은 자전거에 채워진 열쇠를 풀었다.

"빈대떡 먹고 가!"

"엄마, 재 몸에 열이 많아서 찹쌀 먹으면 탈 난대니깐. 그냥 우리나 주세요. 얘네 돈 내고 갈 거야."

'츠륵' 어둠으로 채워진 적막한 공터를 깨우는 자전거 소리가 계속되는 형과 누나들의 넋두리에서 두한을 꺼내주었다. 그는 오늘도 일부러 남산의 등성이를 따라 난 찻길을 올라 마을을 한 바퀴 돌아서 학교로 향했다. 숨 쉬고 있는 도시를 옆에 끼고 내리막을 날 때, 그는 눈앞의 시름을 잊을 수 있었다. 늦봄의 밤바람이 등을 살그머니 밀어와 둥근 두 바퀴의 날갯짓을 거들었고, 검은 머리의 큰 새는 행복하게 웃었다.

PM 9:00

두한의 자전거가 양옆으로 은행나무가 늘어서 있는 교내 진입로를 들어섰다. 파란 은행잎들이 봄바람과 소곤대고 있었다. 내일이 주말인데도 교정은 중간고사를 앞둔 교실에서 새어 나오는 형광등의 열기로 달아 있었다.

그는 자전거를 빈자리에 세워 자물쇠를 채운 후 가방에서 빨갛게 익은 천도복숭아를 꺼내 들고 건물로 들어섰다. 중간고사보다는 친구들과 밤까지 합법적으로 놀 수 있어서 학교에 온 1학년들이 그에게 90도로 인사를 하고는 계단을 뛰어 올라갔다. 저러다 '교련'에게 걸리면 담 주에는 다리 절룩댈 거 알면서도 하고 싶은 건 해야 했던, 하지 말라는 건 더 해야 했던 시절이 자신에게도 있었음을 떠올리고는 싱긋 웃으며 천도복숭아를 한입 베어 문다. '사각' 천도복숭아의 성긴 조직들이 떨어져나가는 소리가 긴 터널 같은 복도를 따라 울렸다.

그의 발자국 소리에 황급히 만화책을 감추는 아이들, 모자란

잠을 이기지 못하고 엎드린 아이들, 뒷자리에 모여 야한 잡지를 함께 보는 아이들, 거울을 보며 여드름을 손보고 있는 아이들이 있었지만 3학년 교실의 대부분은 얼굴에 웃음을 잃은 채 문제지를 풀고 있었다.

음악실에서는 「비틀즈」의 〈Yesterday〉를 연주하는 소리가 간간이 들리는 웃음소리와 함께 두꺼운 문을 뚫고 새어 나왔다. 무표정한 얼굴로 음악실 문을 한번 바라본 그는 다시 복도를 걸어 미술실 문을 열고 어둠 속을 걸어 늘 앉던 창가의 자리에 앉았다. 수업시간 외에는 두한을 비롯한 몇 명을 제외하고는 거의 아무도 찾지 않는 곳이었다. 대부분 그림을 그렸지만 이곳에서 글이 머릿속에 잘 들어왔다.

입고 있던 짙은 청색의 후드티의 모자를 뒤집어쓰고 어둠 속의 이젤 앞에서 창턱에 기대어 턱을 괴고 창밖의 텅 빈 운동장을 내다보았다. 까만 밤하늘의 초승달이 새침하게 잠들어 있다. 천도복숭아를 먹으며 아빠의 유품인 초현실주의 화가 《달리 작품집》을 넘겨보다 4B연필을 들었다. 이어폰을 귀에 꽂고 PLAY 버튼을 누른다. 그림 그릴 때면 늘 듣는 「베토벤」의 〈비창〉이 흘러나왔다.

'스슥, 스슥' 저녁 9:30, 한 번도 시간이 틀린 적은 없었다. 정확히 그 시간이면 그녀가 달빛 아래 모습을 드러내었다. 오늘같이 초승달이 뜬 어두운 밤에도 그녀의 자태는 환하게 빛났다. 창백한 흰 얼굴에 가늘고 긴 목과 팔다리를 가진 그녀는 그가 듣는 비창에 맞춰 춤을 추었다. '스슥, 스슥' 그는 바쁘게 손을 움직여

크로키로 그녀를 담는다. 두한은 자주 남들이 보지 못하는 것을 보곤 했다. 그는 그것이 자신의 무의식과 상상의 향기 같은 성질의 것이라는 것을 너무나 잘 알고 있어서 당황하거나 괴로워하지 않았었지만 저런 그녀의 모습을 바라만 봐야 할 때마다 애달파왔다.

그 시간 딱정벌레들의 멤버들은 조네노를 말리고 있었다.

"Oh my god! 진짜 주려구? 잘 안되면 1년 내내 불편할 텐데. 그리고 여긴 남녀가 만나는 데 너무 심각해. 무서워."

"이제 졸업인데, 고백도 못 하고 묻어두면 후회할 거 같아서. 장희, 아라네 가게에서 일하게 되면 형들이 가만 안 둘 거 뻔한데……. 폴, 그리고 우린 심각한 것이 아니라 관계를 소중히 여기는 거거든. 나 먼저 갈게."

"냅둬, 우리 존 레논이 로맨티시스트잖아. 몇 번 깨져봐야 알겠지. 녀석이 원하는 것이 시 속에만 존재한다는 거, 그치, 고다."

"응, 나만 봐도 알 수 있잖아. 너무 잘나서 아무도 접근하지 않는 슬픈 왕자가 바로 현실이지. 동화나 시에서 이루는 로맨틱한 사건은 일어날 수가 없다구."

"윽……. 폴, 나 토할 거 같아. 재 좀 치워주라."

"특히, 혜리처럼 저렇게 마음하고 반대로 말하는 여자들이 대부분이라는 것이 가장 슬픈 현실이야. 잘난 사람들 살기 너무 힘들어."

"헉……. 혜리, Go together! Hurry up!"

"야야, 나도 같이 가!"

"문 잠그고 와! 저 왕자병 고생을 해봐야 정신을 차리지."

집으로 향하는 아이들의 틈에 얌전한 얼굴을 한 장희가 친구들과 수다를 떨며 걸어오고 있었다. 진입로 입구의 은행나무 아래에서 장희를 기다리던 네노의 어수룩한 얼굴에 긴장의 표정이 역력히 떠올랐다.

"장희야! 이거, 힘내. 내일 아라네 놀러 갈게."

어리둥절한 채 바라보는 장희의 손에 핑크색의 작은 편지봉투를 쥐여주고 네노는 뒤돌아 교문으로 뛰어갔다. 네노는 고등학교 2년간 내내 지니고 있었던 두려움의 벽을 하나 넘고 있었다. 자신의 시를 그녀에게 건넨 것은 단순한 고백의 차원이 아닌, 스스로 껍질을 깨고 나오는 병아리처럼 세상에 나오려는 의지의 표출, 네노의 첫걸음이었다. 부끄러움에 있는 힘껏 달리는 네노의 뒤를 '딱정벌레'가 뒤따랐다.

처음 받아보는 남학생의 편지에 당황해 하는 장희를 친구들이 보챘다.

"어서 열어봐, 재네 딱정벌레 애들이지. 기집애 좋겠다."

"어우, 딴따라 하겠다고 설치는 애들이야. 재 맨날 잠만 자던데."

"장희야, 재 말 신경 쓰지 마. 저거 부러워서 그래. 나한테 고백하는 애는 왜 없을까? 난 바로 사귀어줄 수 있는데. 큭큭. 열어봐, 빨리. 궁금해."

그제야 정신이 드는지 장희는 두 볼에 핑크빛 홍조를 띤 채 말했다.

"나 집에 가서 볼래."

"뭐야. 치사한 기집애. 같이 봐."

"난 별로 안 보고 싶어. 유치한 사랑 고백이 거기서 거기지, 뭐. 좀 보자 그냥. 쪼잔하게."

보채는 친구들을 피해 장희는 버스정류장으로 뛰었다. 정류장의 벤치에 가방을 벗어 내려놓고 봉해진 하트모양의 스티커를 조심스럽게 떼어내어 봉투를 열어 편지를 꺼냈다. 집으로 가는 버스가 도착하자 그녀는 고개를 들어 흘깃 보고는 웃으며 다시 편지로 눈을 돌렸다. 꼭 네노를 닮은 어리숙한 필체, 편지를 다 읽은 장희는 편지를 가슴에 꼭 끌어안고 행복하게 웃었다.

〈거미줄 위를 걸어봐〉

당신 많이 힘든가요.

당신이 만들지 않은 당신의 세상에 지쳐가나요.

당신이 하려던 일들, 당신이 했어야 하는 일들,

타인이 이루는 당신의 세상에 미쳐가나요.

괜찮아요. 이제 그만 울어요.

내가 갈게요.

인연의 강줄기를 벗어나겠어요.

괜찮아요, 이제 그만 웃어요.

내가 갈게요.

이곳을 벗어나 하늘의 구름 되어.

저도 많이 힘들어요.

제가 만들지 않은 우리의 세상이 두려워져요.

제가 하고만 일들, 제가 원하지 않은 일들,

타인이 만들어가는 우리의 세상에 미쳐가나요.

괜찮아요, 이제 그만 울래요.

내가 갈게요.

인연의 실타래를 끊어보겠어요.

괜찮아요, 이제 나는 웃어요.

내가 갈게요.

이곳을 벗어나 세상의 바람 되어.

"2년간 저의 마음속에서 저를 지켜준 당신, 거미줄 위를 걸어갈 힘을 주신 당신, 고맙습니다."

-당신의 시인-

그렇게 소녀도 진실한 소년의 목소리를 따라 세상으로의 첫발을 내디디고 있었다.

PM 10:30 학교 운동장

집으로 가는 아이들의 모습이 보이지 않자 뜀틀 위에 앉아 있던 아라는 다시 달 아래로 나와 몸을 움직였다. 차이코프스키는 공부와 답답함, 아빠에 대한 그리움에 지칠 때 그녀를 늘 보듬어주었다. 그렇게 야자 시간의 마지막을 그 곡에 맞춰 춤을 추며

불안을 털어버리는 것이 그녀의 반복된 일과였다. 엄마에게 물려받은 아라의 가늘고 유연한 몸은 바람의 흐름에 따라 이리저리 춤을 추는 갈대처럼 붓이 되어 몸의 그림으로 까만 운동장을 채우고 있었다.

그때, 은행나무 진입로에서 큰 소리가 들렸다. 두한은 자전거 위로 넘어지면서 반사적으로 몸을 돌려 팔을 움츠렸다. 넘어진 쪽의 어깨에 통증이 느껴지는지 살짝 얼굴이 일그러졌지만 이내 무표정한 얼굴로 그들을 보며 말했다. 히나소 패거리였다.

"니네가 아주 간이 부었구나. 왜 이래."

부오가 털어낸 두한의 가방에서 스케치북과 천도복숭아가 쏟아졌다.

"넌 아직도 천도복숭아 싸가지고 다니면서 먹냐. 애도 아니고, 참."

떨어진 천도복숭아 하나를 닦아 베어 물면서 양이 비아냥거렸다.

"히나소, 이것 봐. 얘 완전 애라니까. 그냥 냅두는 게 낫다니까."

"뭐냐 이건, 이 변태스런 그림들은 달리? 유달리 변태스럽네, 맘에 쏙 드는데. 큭큭."

"그거 좋은 말 할 때 제자리에 넣어놔."

섬뜩한 무게를 가진 두한의 화난 목소리에 부오는 잠시 겁을 집어먹었다.

"뭐냐, 이 고양이는 깜짝이야. 호랑이 새끼인 줄 알았네. 빈대떡집 아들 주제에 목 빳빳이 세우고 다니기는, 야옹, 해봐."

"너 입 닫고 가만히 있어라. 두한이한테 볼일 있으니까."

"빈대떡집 아들한테 무슨 볼일. 저거 저 후드티 3년 입고 다니네."

"조두한, 부오가 손댄 건 내가 사과한다. 내가 모시고 계신 형님이 있는데, 형님이 계신 조직이 이번에 윗선하고 연결됐다. 앞으로 중요한 일들을 처리해야 하는데 믿을 수 있는 유능한 사람이 필요하다고 하신다. 네가 워낙에 소문이 자자해서 강남에서 채가기 전에 우리 쪽 사람 만들어두라고 하셨다. 형님 밑에서 같이 일하자. 어떠냐?"

"관심 없어, 니네들 세계. 날 가만둬라."

"이 찌질이가 같이 일하자면 영광인 줄 알아야지. 지가 뭐라고."

"고부오!"

히나소는 눈에 힘을 주며 부오의 입을 다물게 했다.

"네가 싫어도 같이 일해야 된다. 넌 이미 형님에게 찍혔고 우린 거대 조직이다. 네 어머니 빈대떡집, 주변 주민들도 우리 맘대로 할 수 있어. 그게 조직이다. 같이 일하겠다고 말해라. 피 보고 싶지 않으니까."

"내 주변 사람들 건드리면 가만두지 않겠어. 싫다."

"그래, 두한이는 싫다는데 그냥 두지. 우리 아버지 말로는 몇 년 있어야 무슨 일 생길 거래던데."

"진양, 너 두한이랑 어렸을 적 친구지? 네가 손봐줘라. 지금."

잔인하게도 히나소는 이 기회를 통해 진양의 조직에 대한 충성도 시험하고 있었다. 당황한 진양이 야비하게 재밌어하는 부오와 무서운 얼굴의 히나소를 바라보며 어쩔 줄 몰라 하고 있는데 은행나무 너머 어둠 속 운동장에서 지켜보고 있던 아라가 짐짓 밝은 목소리로 말하며 나타났다.

"히나소, 고부오, 진양, 어……. 두한이도 있었네. 니네 집에 안 가고 여기서 뭐 해? 설마 공부한 거니? 어머, 이제 정신 차렸나 보네. 근데 두한이 너 왜 거기 앉아 있어? 와! 천도복숭아 맛있겠다. 나도 이거 엄청 좋아하는데."

아라는 반가운 얼굴로 천도복숭아를 집어 청바지에 슥슥 닦고는 한입 베어 물고 웃으며 히나소를 보았다. 히나소는 갑작스러운 아라의 등장에 당황한 기색을 보이더니 두한을 내려다보고는 그냥 돌아서 걸어갔다.

"야, 대장. 뭐야. 왜 그냥 가. 조두한 조심해. 우리 말 들어라. 그리고 재 멀리하는 게 좋을걸. 수진이 말로는 예은이 기둥서방네 조직에서 벌써 찜했거덩!"

얄밉게 입을 나불대는 부오와 아라에게 고마운 눈길을 보내는 진양이 시야에서 사라지자 아라는 두한의 가방을 집어 흩어진 스케치북과 작품집, 천도복숭아를 가방에 담아 두한의 옆에 내려놓았다.

"안 일어나고 뭐 해, 으……. 심장이야. 실은 재네들 무섭단 말야. 근데 너는 무슨 고3이 책가방에 교과서는 하나도 없고 천도복숭아만 가지고 다니니?"

"배고프잖아. 내 덩치를 봐라. 세끼만 먹고는 공부 못하거든. 그리고 교과서는 미술실에. 아악!"

"왜, 다친 거야?"

아라는 걱정스러운 얼굴로 물었다.

"아니, 조금. 내 자전거 좀 일으켜줄래?"

"근데 큰일이네. 임원회의 갔더니 다른 반도 조직 밑에 있다고 소문난 애들이 다른 애들 괴롭힌대. 여자애들도 그렇대나 봐. 우리 반 '뮤즈'처럼. 너 구미칠이랑 사귀었었다면서, 뭐 들은 거 없니?"

"들은 건 없고 내가 알기로는 조직에서 직접 접근하기도 한대, 너 조심해. 나보다 네가 큰일이다. 그리고 미칠이랑은 사귄 게 아니라 하도 좋다고 따라다녀서 몇 번 만나준 거거든, 하필 오른쪽이냐……. 짜증 나. 며칠 그림 못 그리겠네. 근데, 넌 이 시간까지 뭐 했길래 운동장에서 나오냐?

두한은 가방을 자전거에 싣고 한 손으로 자전거를 끌며 아라의 연두색 티셔츠를 쳐다봤다. 그리고는 갑자기 미친 듯 웃기 시작했다.

"하하, 하하하하."

"야, 뭐야, 왜 웃어. 너 이상한 건 진작에 알고 있었지만 웃지 마, 기분 나빠. 애들한테 머리 맞은 거 아니니? 그리고 나는 그런 조직 애들 걱정 안 해. 우리 아빠가 좀 힘 있는 사람이어서."

"크큭, 하하하하. 큭."

"얘 왜 이래?"

"미안, 미안, 좋겠다. 힘 있는 아빠 있어서. 우리 아빠는 하늘에 계신데."

"진짜? 미안해. 몰랐어. 우리 아빠 실은 누군지도 몰라. 엄마한테 얘기만 들었어."

심각한 얼굴로 미안해하는 아라의 얼굴을 보면서 두한은 또 웃기 시작했다.

"크크, 하하. 하하하하하, 너 그거 아냐? 우리 3년 동안 같은 반이었다는 거."

"진짜? 그랬구나……. 너랑 이렇게 얘기하는 건 처음이라. 나 내일 생일인데, 잠깐만."

아라는 가방에서 고양이가 그려진 필통을 꺼내어 노트를 찢은 후 엄마의 음악다방「학」의 주소를 적어 두한에게 건넸다. 두한은 아라의 필통과 연보라색 운동화와 야무지게 연필을 움켜쥔 하얀 손을 보면서 또 웃어대기 시작했다.

"크크……."

"으응? 이거 우리 엄마 음악다방 주소야. 음악 듣고 싶을 때 언제든 와. 근데 왜 자꾸 웃는 거니! 너 혹시 나 좋아하니?"

"응."

진지한 얼굴로 짧게 끊어 대답하는 두한의 소리에 아라는 깜짝 놀라 순간 가던 걸음을 멈추고 두한을 보았다. 그는 웃음을 거둔 채 따뜻하게 그녀의 눈을 보고 있었다. 부끄러워진 아라는 급히 시선을 돌리면서 말했다.

"진짜인 줄 알았네. 하하……."

"진짜야. 반장, 내일 저녁 9시 30분에 여기로 나와줄래? 꼭이다! 생일 축하는 내일 해줄게. 조심해서 가. 안녕!"

한쪽 팔로 핸들을 잡고 자전거를 타고 가버린 두한의 뒷모습을 보며 아라는 멍하니 서 있었다.

1984.04.28. (토요일) AM 11:00

테이블을 닦는 중간중간 장희는 출입문을 바라보면서 앞치마 주머니의 편지봉투를 만지작거렸다. 아라의 어머니가 하시는 「학」은 복층으로 된 큰 규모의 음악다방이었다. 출입구의 왼쪽에는 DJ 부스가 있었고 오른쪽에 카운터와 주방이 있었다. 바닥과 반 2층으로 가는 계단은 전부 나무로 마감되어 걸어 다닐 때마다 삐그덕대는 신음소리가 들려왔다. 천장까지 이어진 전면의 큰 창으로 봄날의 따스한 볕이 들어와 만든 그림자가 내부를 풍성하게 만들고 있었다. 아라의 엄마가 좋아하는 「헨델」의 오페라 〈울게 하소서〉가 나머지 공간을 메꾸었다.

"아주머니, 저희 왔어요."

"형! 진짜, 오페라 틀지 말랬잖아. 우리가 만든 곡 줄까?"

"아라야, 생일 축하해. 돈 모아서 샀어. 「듀란듀란」 3집이야. 어, 장희도 있네? 여기서 일하기로 한 거야? 잘됐다."

"Good morning. madam. coffee, please."

"커피는 무슨 커피야. 니네는 우유 마셔. 선물 고마워."

"아라 생일이었구나……. 선물 준비 못 했는데."

시끄럽게 가게 안으로 들어온 '딱정벌레'들을 보자 장희의 얼굴이 갑자기 환해지더니 아라에게 미안해하며 주방으로 숨어버렸다. 그런 장희를 네노는 움직임 하나도 놓치지 않을세라 바라보고 있었다.

"장희야, 괜찮아. 내가 애도 아니고, 무슨 생일선물. 얘네들 커피 마신대. 부탁해."

"2층으로 가자, 아싸! 명당자리."

"오늘 '산울림' 형님들 올까? 아……. 오셔야 되는데, 그 자리 비워놔. 형님들 앉아야 돼."

"아라야. 이 시끄러운 음악은 뭐니. Mr. 준 조용한 것만 틀라고 했잖니."

"엄마, 애들이 생일선물 준거란 말야. 잠깐만 틀게요."

장희가 커피를 쟁반에 받쳐 들고 계단을 오르고 있을 때, 뮤즈의 패거리가 가게로 들어왔다. 그녀들은 학교 다닐 때와는 다르게 얼굴에 화장을 하고 머리를 화려하게 볶고는 짙은 향수 냄새를 풍기고 있었다.

"어머, 재 봐. 얘! 커피 쏟겠다. 저게 무슨 고생이니"

"그러게."

"야! 니네 2층으로 오지 마!"

"어우, 걱정 마셔. 애들 노는 데는 안가. 저기로 가자."

"어머, 어머, 저 오빠 신진 사진작가 김중만이야. 어떡해."

"미칠이 네가 사진작가를 어떻게 알아? 사진에 관심 있을 리는 없고."

"내가 또 잘생긴 오빠들은 빠삭하잖아. 내가 찍었어."

"그러다 니네 오빠한테 걸리면 죽음이다."

"그나저나 우리 부오는 언제 와……."

장희는 익숙하지 않은 손놀림으로 커피를 딱정벌레들의 테이블 위에 내려놓고는 부끄러운지 눈도 마주치지 못하고 내려가 주방으로 숨었다. 스피커에서는 「산울림」의 앨범 '아니 벌써'에

수록된 곡 〈안타까운 마음〉이 흘러나오고 있었다. 그런 장희를 바라보고 있던 멤버들이 '네노'에게 물었다.

"말했냐?"

"어떻게 됐어, 사귀기로 했어?"

입에 흐뭇한 미소를 띠며 커피잔을 네노가 들자, 잔 받침 아래에서 작은 편지가 나왔다. 편지를 먼저 발견한 폴은 재빨리 편지를 집어 펼쳐 읽었다.

〈꽃〉

내가 너의 이름을 불러주기 전에는
그는 다만
하나의 몸짓에 지나지 않았다.

내가 그의 이름을 불러주었을 때
그는 나에게로 와서
꽃이 되었다.

내가 그의 이름을 불러준 것처럼
나의 이 빛깔과 향기에 알맞는
누가 나의 이름을 불러다오
그에게로 가서 나도 그의 꽃이 되고 싶다.

우리들은 모두
무엇이 되고 싶다.
나는 너에게 너는 나에게
잊혀지지 않는 하나의 의미가 되고 싶다.
〈김춘수〉
"언젠가 거미줄 위를 걸으며,
당신의 목소리로 그 시를 불러주세요."
-당신만의 베아뜨리체-

"Wow! 잘된 거야? 시인, 김춘수는 누구야?"

"너 고3 맞아? 어떻게 김춘수의 〈꽃〉을 몰라? 존재를 노래한 대표적 시잖아. 이 영국인을 어쩐 대니."

"근데 베아뜨리체는 누구야?"

"야, 쉿! 산울림 형님들 왔어."

장희의 편지에 시끄럽게 떠드는 친구들을 내버려두고 네노는 테이블에 엎드려 봄 햇살을 얼굴로 맞으며 눈을 감았다. 언제 왔는지 히나소 패거리가 뮤즈와 함께 앉아 시끄럽게 떠들었다. 올해 앨범이 나온다는 백두산이라는 어린 밴드와 산울림이 피워대는 담배로 2층이 연기로 자욱했다. 혜리는 연신 콜록대면서도 오빠들 얼굴만 봐도 좋은지 힐끔거리며 자리를 떠날 줄 몰랐다.

아라와 장희는 카운터에 앉아 교과서를 보면서 손님들을 구경했다. DJ는 공부하는 동생들을 위해서 「카펜터스」의 앨범으로 음악을 바꾸었다.

"어머, 저 사람 김수영이야. 아라야, 고마워. 일하게 해줘서. 너무 좋다. 가서 인사해볼까?"

"안돼. 저항 시인들하고 친한 사람들도 감시 대상이란 말이야. 우리 엄마 몇 번 조사받으러 다녔어. 그냥 가만있어."

"무섭다. 얘, 우리에겐 언제쯤 표현의 자유를 누릴 수 있는 날이 올까?"

"표현의 자유를 누리면 뭐하니. 그 표현을 이해해주는 대중이 없는데, 먹고 살기 바쁜데 누가 관심이나 가지니."

"아라야, 저기 누구 왔어."

"어머니 어디 가셨니?"

검은 양복을 입고 작고 가는 눈을 얄쌍하게 웃으며 들어온 남자가 아라를 친근하게 보며 물었다. 가끔 들러 아라의 엄마와 차를 마시며 얘기를 나누고 가고는 하는 아저씨였다. 문을 열고 들어오던 아라 엄마의 표정이 굳어졌다.

"또 어쩐 일이세요. 오늘은 손님이 많으니 나가서 얘기하세요."

검은 양복의 사내와 나가는 엄마를 보는 아라의 눈에 쓸쓸함이 묻어나왔다. 누군지는 모르지만 얼굴도 모르는 아빠와 관계된 사람이라는 것을 아라는 눈치로 느끼고 있었다. 그제서야 생각이 났는지 아라는 고개를 들어 가게의 한쪽 벽에 걸린 올빼미 시계의 바늘을 바라본다. 그리고는 입을 둥글게 부풀려 고뇌하는 표정을 지었다.

"응"

"진짜인 줄 알았네, 하하."

"진짜야. 반장, 내일 저녁 9시 30분에 여기로 나와줄래? 꼭이다. 생일 축하는 내일 해줄게. 조심해서 가. 안녕."

벽시계를 보며 생각에 잠긴 아라를 패거리에 섞여 담배를 피던 청재킷을 입은 히나소가 패거리들의 어깨너머로 몰래 훔쳐보고 있었다.

PM 9:00 미디 고등학교 교문 앞

두한은 친척 결혼식 갈 때만 입던 하늘색의 난방에 짙은 색의 청바지를 입고 30분이나 일찍 와서 아라를 기다리고 있었다. 그의 머리는 평소와 다르게 단정히 빗질되어 뒤로 넘겨 훤한 이마를 드러내고 있었다. 초조한지 연신 교문의 게시판 유리에 비친 자신을 들여다보며 난방의 윗단추를 풀었다 잠갔다를 반복하고 깡충깡충 뛰어댔고, 애꿎은 가로수에게 말을 걸고 발차기를 했다.

"올까? 에잇, 안 와도 괜찮아. 그 녀석이 그녀라는 걸 안 걸로 충분해. 아야, 크크크……. 얍! 헛. 크크."

그의 낡은 손목시계의 분침이 30분을 가리키자 길 건너편의 횡단보도에 흰색의 고운 블라우스에 체크무늬의 단정한 치마를 받쳐입은 그녀가 나타났다. 그녀는 애써 웃지 않고 있었다. 무슨 표정을 지어야 할지 모르겠다는 듯 멀뚱히 두한을 신호가 바뀔 때까지 주시하고 있었다.

반면 두한은 얼굴에서 기쁨을 감추지 못했다. '됐다. 왔어.' 두한의 투명한 검은 눈동자에 우아한 사슴처럼 걸어오는 아라의 모습이 비쳤고, 그의 귀에는 베토벤의 피아노 선율이 흘렀다.

"왔어?" 그는 도통 잘 짓지 않던 아이 같은 웃음을 지어 보였다.

"그렇게 와달라고 하고 가버려 놓구서는. 어쩔 수 없잖아. 그 촌스러운 머리는 뭐야, 큭. 너 진짜 나 좋아하니?"

"얘가 속고만 살았나, 진짜래니깐. 이리 와봐. 보여줄 거 있어. 근데 머리 이상해? 에잇."

그는 한쪽 팔로 아라의 어깨를 감싸듯 잡아끌면서 기껏 정성 들여 빗었던 머리를 헝클어버렸다.

"알겠어. 내가 갈게, 밀지 마."

아라는 몸을 움찔하고는 급히 두한에게서 벗어나 앞장서 걸어갔다. 그런 아라가 너무 사랑스러워 두한은 웃으며 뒤를 쫓아 옆에 서서 걸었다. 그렇게 둘은 늘 걷던 은행나무 길을 지나 학교 건물 뒤편으로 접어들었다.

"너 이상한 생각하지 마. 내가 이래 봬도 연애 많이 해봐서 웬만한 건 안 통하거든. 학교 뒤에는 왜 가는 건데."

"그래, 너 연애 박사라 치고. 지금은 눈 좀 감아줄래? 내가 뜨라고 하면 뜨는 거야."

"유치하게 이벤트 같은 거 하려는 거지. 꺄아, 큭큭……. 웃기잖아. 알겠어, 아이참, 아 웬만한 건 안 통하는데."

아라는 농담처럼 가볍게 여기려 애쓰면서도 좋은지 해맑게 웃으며 눈을 감았다. 두한에게 이끌려 건물 뒤편으로 몇 걸음 떼었을 때 두한이 말했다.

"눈 떠도 돼. 생일 축하해."

아라가 눈을 떴을 때, 아라의 눈앞의 높은 시멘트벽에는 자신을 찾고 있는 그림자가 달 아래서 춤을 추고 있었다. 그녀는 차이코프스키를, 그는 베토벤의 비창을 듣고 있었지만 그들이 함께 보고 있는 것은 그녀였다.

"넌 나도 모르는 나를 봤구나."

"그래, 그녀를 봤어. 매일 저녁 9시 30분, 그러니 이제 믿을 수 있지? 나 널 좋아해."

"응."

아라는 눈물을 머금고 고개를 끄덕이며 웃고 있었다. 두한도 웃었다. 그렇게 둘은 서로의 눈 속에 비친 자신을 발견하고 있었다.

"분명히 여기로 가는 것 같았는데."

"아, 이것들 둘이 언제부터 그런 사이였던 거야. 얌전한 고양이 부뚜막에 먼저 올라간다더니."

"……."

히나소는 무서운 표정으로 아무런 말이 없었다.

"쉿, 히나소 패거리다. 큭큭, 아라야. 뛰어."

둘은 처음 잡는 손을 놓칠세라 꼭 움켜쥐고 교문을 벗어나 인도를 뛰었다. '꺄르르륵' 천사 같은 그녀의 웃음소리가 기약 없는 그들의 미래를 밝히고 있었다.

1987.06.10. 수요일 AM 11:30 후암동 골목길

탁탁탁탁, 둘은 꼭 잡은 두 손을 절대 놓지 않았다. 시위의 치열함에서 멀어진듯했지만 숨이 가빠와도 달리는 것을 멈출 수 없었다. 그와 그녀의 머릿속에는 그들의 빛, 아인이밖에 없었다. 숨이 목까지 차고 넘어와 끊어질듯해도 달려야 했고, 그 시류에서 떨어져야 했다. 고등학교를 졸업하고 대학 3년 내내 친구들과 선배들의 투쟁을 지켜보면서도 아라와 두한은 될 수 있으면 깊이 관여하지 않으려 애썼다. 그것은 비겁자로 낙인찍히는 괴로운 일이었지만 그런 이념 투쟁 외에도 두한과 아라가 지켜내야 할 더 중요한 그들의 아이가 있었고 실질적으로 그들을 압박하고 있었던 것은 다른 것들이었다.

고등학생의 신분일 때는 주금자나 히나소 같은 조직과 연관된 친구들이 접근해오던 일들을 졸업함과 동시에 그 조직에서 직접 접근을 시도하고 위협을 가했다. 그 위협은 광범위하고 교묘해서 쉽게 위협을 받음을 드러낼 수도 없어 그들 주변 사람들 모두가 속이 곪아 들고 있었다. 그렇게 간신히 믿음으로 서로를 지키고 있던 찰나 이런 항쟁이 일어난 것이다.

두한은 예감이 좋지 않았다. 그래서 아라의 손을 더 꽉 움켜쥐었다. 아라가 힘이 드는지 횡단보도 위에서 뛰던 걸음을 멈추고 숨을 돌렸다. 그녀는 거칠게 헐떡이고 있었다. 금방이라도 숨이 넘어갈듯해 보였다.

"괜찮아? 다 왔어. 조금만 힘내자. 일단 집으로 가야 해."

"응, 알겠어. 가자."

아라는 이제 갓 두 살인 아이의 얼굴을 떠올리고는 다시 걸음을 떼었다.

"부릉, 끼이이익!!"

남산 쪽에서 모퉁이를 돌아 나오던 트럭이 그들을 치고는 다급히 시내로 빠져나가고 있었다.

쓰러진 아라는 목에 걸린 시계를 피 묻은 손으로 꼬옥 움켜쥐고 무참히 짓이겨진 그, 아이의 아빠를 보고는 눈물을 쏟으며 숨을 거두었다.

그 시간 후암동 오르막 공터의 빈대떡집에서는 흰 얼굴의 천사 같은 아이가 고모의 무릎에 앉아 할머니의 빈대떡 부치는 소리를 들으며 아빠가 그린 그림들을 보고 있었다.

"형님, 처리했습니다."

"저쪽으로 넘어가면 골치 아파지니 할 수 없지, 아깝긴 하지만."

"형님, 이제 민주주의 정권 되면 먹고살기 힘들어지겠습니다.

"큰형님이 이미 엔터테인먼트인가 하는 회사를 차린단다. 그러니 이번엔 '딱정벌레' 뭐 하고 사는지 조사 좀 해봐."

- THE END -

no
grade

한 번도 일등이 되어보지 못한 이들은 일등인 이들보다 열등한 존재들일까?

2010.10.26. 화요일 AM 5:00 기업 '진심' 빌딩 건너편 편의점「친구」

"삑." "생수 600원입니다."

"저기요? 영수증 안 주세요?

사인을 하는 양복을 입은 남자의 손을 물끄러미 바라보며 생각에 잠겨있던 영만은 깜짝 놀라 손님에게 영수증을 건넸다.

"감사합니다. 또 오세요."

단발의 긴 머리를 반만 위로 질끈 동여매고 희멀건 얼굴에 나비 모양의 짙은 야광색의 뿔테를 쓰고서 넋 놓고 있는 그가 이상해 보이는지 영수증을 받아들고 가게를 나서는 손님이 자꾸 뒤를 돌아다 본다. 다시 봐도 180은 족히 넘을 듯한 큰 키에 허약해 보이는 몸을 하고 히죽거리고 있는 그가 평범해 보이지는 않는다. 어딘지 모르게 섬뜩한 기분까지 들게 만드는 묘한 분위기가 그를 감돌고 있었다.

새벽 타임 아르바이트생이 급한 일 때문에 못 나오게 되어 새벽부터 일하게 되었는데도 워낙에 긍정적인 영만이라 연장근무에도 웃고 있다.

"어, 사람이 바뀌었나요? 오늘 제주생수는 물량이 없어서 못 가져왔는데."

"오늘만 제가 있는 거예요. 제주생수 안 왔고, 네! 알겠습니다. 근데, 아저씨 쿵푸팬더 닮았어요. 그런 소리 많이 들으시죠."

"큭큭, 학생은 조선 시대 무사 같네. 나 가요. 수고합시다."

"네, 수고하세요."

모자를 쓴 작업복 차림의 쿵푸팬더가 물건을 내려놓고 트럭을 몰고 떠나는 것을 보던 영만은 히죽거리며 칼을 휘두르는 시늉을 하고는 물건들을 정리하기 시작했다. 날이 밝기 시작하는 교차로에 바쁘게 움직이는 야광색 운동화가 멀리서도 눈에 띄었다.

나이 27세, 이름은 허영만, 인터넷 만화가, 편의점 파트타이머.

대중적인 인기를 얻고 인정을 받기 전까지 소위 작가라는 명함을 가진 영만과 같은 이들은 입에 풀칠하는 것도 어려웠다. 대중적인 인기를 얻어 작품이 알려지는 것은 소위 말하는 하늘의 별 따기, 로또에 당첨되는 것만큼이나 힘든 일이었지만 자신이 가장 잘하고 좋아하고, 그 일을 하면 즐겁기 때문에 희망을 버릴 수 없었다. 그래서 새로 뭔가를 시작할 수 없는 영만과 같은 이들은 파트타이머로 생계를 유지해가고 있었다. 게다가 집에서 막내인 영만은 만화가의 꿈을 가업 때문에 접어야 했던 아버지의 꿈도 이루겠다는 야무진 포부를 지니고 있었지만 기회는 생각만큼 쉽게 찾아오지 않았다.

오늘도 영만은 '진심' 김치 라면에 물을 부어놓고서 볶음김치를 깨작이며 생각에 잠긴다. 라면이 익어가는 냄새가 가게 안으로 쏟아지는 아침 햇살과 함께 가게 안을 메우고 있었고, 그가 좋아하는 어쿠스틱 사운드 앨범 「스탠딩 에그」의 〈with〉가 울려 퍼지고 있었다.

AM 7:00 후암동

"달그락, 달그락." "치이."

"그래도 세상은 변하지 않아. 하루하루 저 태양이 떠오를 때면……."

아침부터 엄마의 노랫소리가 끊이질 않는다. 계란후라이가 익어가는 소리가 식탁을 차리고 있는 소리 사이사이 들려오고 있었다. 평희 누나가 벌써부터 일어나 엄마를 거들고 있을 리가 없다. 아마도 그런 날이 온다면 해가 서쪽에서 뜨고 있을 테지. 시집가면 어쩌려고 저러는지 날 잡아놔도 변하는 게 없으니 쯧쯧……. 아버지가 늘 〈근자성공: 부지런해야 성공한다〉이라 입이 닳도록 말씀하셔도 소용이 없다. 누나나 나나 성공에 뜻이 없으니, 그런데 성공은 뭘 뜻하는 거지?

평희 누나는 홍대 나와서 대기업 부잣집 상사와 결혼하게 됐으니 성공한 건가? 그럼 부지런하지 않아도 성공한 건데 얼굴은 왜 저렇게 갈수록 어두워져 가는 걸까? 갈수록 히스테리도 심해지고, 결혼은 누나의 성공과는 무관한 것이 분명하다.

평희 누나의 결혼은 우리 보험왕 조보영 여사의 성공이다. 오래전부터 아래층 가게에 모인 동네 아줌마들에게 자랑스럽게 떠벌리기 시작한 대기업 잘생긴 부잣집 사위 자랑이 엄마의 성공이다. 요즘 안 그래도 우람한 엄마의 어깨에 힘이 들어가 싱글거리고 다니는 것만 봐도 알 수 있다.

그런 엄마의 입에서 조용필 아저씨의 노래가 끊이지 않도록 하는 게 우리 로맨티시스트 아버지의 성공이다. 그리고 또 하나, 이건 비밀인데 엄마를 설득해서 집안에 피아노 한 대 들여놓는 거, 쿡쿡, 가망은 없어 보이지만 엄마, 아빠의 대학 강당에서 피아노를 치며 프러포즈에 성공한 훨씬 전부터의 아빠 소원이었다고 한다.

취업도 못 하고 집에서 그림만 그리는 저 부지런한 아인 누나의 성공은 뭘까? 그나저나 성공은 뭐지? 자기만족과는 상관없이 주변 사람들이 부러워해야 하는 도달치 이상을 뜻하는 걸까?

"노아야, 학교 안 가? 그만 일어나."

"악! 뭐야, 너 노크 없이 문 열지 말랬지."

"너도 그러잖아. 후라이 식어. 오늘 성적표 나오는 날이지? 큭큭. 며칠 족집게 과외한 보람이 있을까나. 참, 속옷 그냥 빨래통에 두래. 고모가 한꺼번에 빤다구. 큭큭."

"야! 뭐야, 문 닫아!"

"철수 씨, 셔츠랑 넥타이 침대 위에 올려놨어요. 오늘 저녁은 시켜먹어야겠어요. 노아 학교 학부모 계 있거든요. 아인아, 노아 깨웠니? 평희도 좀 깨워줄래?"

"둘 다 깨웠어요. 설거지 제가 할 테니까 식사하고 출근 준비하세요."

"보영 씨, 이번에 계 타면 뭐 하게?"

"평희 시집가잖아요. 이 사람은 참, 좀 있음 노아도 대학 가야 되고."

"글……치?"

"큭큭, 고모랑 고모부 이름 부르기로 하신 거예요?"

"저번 학부모 모임에서 자아 찾기 운동에서 나온 안인데 어때? 이상하니?"

"아니요, 보기 좋으세요."

"아함……. 보기 좋기는, 듣기 낯간지러워서 내 참, 아침부터 체하겠네. 아버님 옛말에 〈구상유취:말이나 행동이 유치함을 이르는 말〉라고 했습니다. 나이를 생각하시죠."

"〈금실상화:거문고와 비파의 소리가 화합하듯 부부 사이가 좋음을 비유〉하니 어쩌겠느냐. 늦겠다. 어서 아침 먹어."

"노아, 오늘 성적표 나오지? 저녁에 보자. 형부는 학교 다닐 때 1등만 했대. 부끄러워서 어쩌려고 그래. 태권도 가르쳐 준대도 싫대고, 대학은 가야지. 무슨 과 갈지도 생각도 없고, 너 그럴래?

에휴, 일단 누나 시집보내고 생각하자. 식기 전에 드세요. 아들. 참, 오토바이 타지마. 말했다."

"갑자기 삼겹살이 먹고 싶어지네요. 근데 아인아, 너한테는 성공이 뭐냐?"

"누나한테 이름 부르는 거 봐. 어디 가서 엄마 아들이라고 하지 마."

"보영 씨, 혈압 오르면 위험하니까, 릴랙스하고 식사합시다."

"성공? 글쎄……. 생각 안 해봤는데, 지금은 너 성적 오르는 거? 헤헤."

"그래? 내 성공은 어떻게 되는 걸까?"

"얘, 그걸 왜 나한테 묻니, 너 자신한테 물어야지. 얼……. 그래도 성공은 하고 싶은가 보네."

"그런가? 나한테 물어야 하나? 남들에게 보여지기 위한 게 성공이 아니고? 성공하면 좋을까?"

"아유, 애늙은이 또 시작이네. 너 땜에 나까지 골치가 아프다. 난 좀 편하게 살고 싶다구. 꼭 그런 거 그렇게 생각해야 되니?"

"너는 안 궁금해? 궁금하니깐 그렇지."

"그렇게 수능 공부를 좀 해봐라. 그리고 지금 당장 답을 찾을 수 없는 건 시간과 경험이 답을 알려줄 거야. 조급해하지 말고 지금 할 수 있는 걸 해."

"너는 가만 보면 비겁해. 그러니까 아직 취업 못 하고 그러고 있지."

"맞아. 넌 그렇게 살지 마."

"보영 씨, 어여 출근합시다. 아이들이 아침부터 진지한 대화를 나누니 아버지 맘이 흐뭇하다."

"엄마! 벌써 50분이야. 어떡해. 왜 안 깨운 거야. 아빠, 안돼요. 안돼. 화장실 나 먼저."

"넌 웨딩드레스 입어야 돼서 살 좀 빼도 돼."

"엄마! 그놈의 결혼. 진짜. 늦었어."

"철수 씨, 회사까지 태워줄까요?"

"에이, 보영 씨도 피곤한데 나는 지하철이 좋다니까요. 어서 가죠. 노아 학교 조심해서 가고."

"윽, 엄마, 아빠 말투가 왜들 저러셔? 노아야, 나 간다. 아인아 미안. 내 방 좀 치워줘. 엄마! 나 좀 태워줘. 늦었어."

"야, 니 방 니가 치워. 왜 아인이보고 치우래."

"나 어차피 오늘 면접 없어. 평희야 어서 출근해. 노아 너는 평희 결혼하면 얼굴 보기 힘들 텐데 좀 잘해라. 학교 안 가?"

엄마의 겨자색 마티즈가 아빠와 누나를 태우고 떠나자 부산스러운 집의 아침에 정적이 찾아들었다. 등신같이 군말 없이 설거지하고 누나 방 청소까지 해주면서 목표 없이 지내는 아인이 한심스럽지만 아무리 생각해봐도 내게 무엇이 성공인지 답을 찾을 수가 없다.

속옷을 안쪽 서랍에 숨기고, 방을 대충 정리한 후, 설거지를 하는 아인에게 인사를 한 후 집을 나섰다. 「조지 윈스턴」의 앨범을 들으며 오토바이에 시동을 걸었다. 아인 누나는 또 오토바이 소리에 걱정스러운 얼굴을 하고 있을 게 안 봐도 뻔하지만 머리가 복잡할 때는 오토바이만큼 좋은 게 없다. 소음규제 때문에 이제 으르렁대는 오토바이의 포효소리를 낼 수는 없지만 신호 없는 오토바이 로드를 전속력으로 한 바퀴 돌고 나면 조금 머리가 개운해지는 기분이다.

어쩌면 내가 찾고 있는 답은 성공이 무엇이냐가 아니라, 성공을 좇을 것이냐, 성공을 버릴 것이냐의 선택의 갈등인지도 모르겠다는 생각이 든다. 그럼 아인 누나는 그 선택을 포기한 것일까? 선택을 미룬 채 시간에게 선택을 맡긴 것일지도 모른다.

AM 8:20 지하철 1호선

"주안행 열차가 들어오고 있습니다. 안전선 밖으로 물러나 주십시오."

철수는 개표구를 통과하면서 받는 신체상태 체크검사를 통해 오늘은 신체 허약자 배려 칸에 탈 수 있게 되었다. 아마 며칠 M지구 분양마감으로 팀원이 전부 모델하우스에서 일한 일 때문에 쌓인 피로가 아내에게 배운 태권도로 단련된 체력을 떨어뜨린 모양이다. 떠밀리는 통근자들로 생지옥 같은 아침 출근길이 오랜만에 여유로웠다.

"고객님은 신체 건강하시므로 다음 칸으로 이동해주십시오."

문을 열고 들어서던 젊은 여성이 다급히 얼굴을 붉히며 다음 칸으로 이동했다. 무소음, 무진동 열차의 벤치에 앉아 헝클어진 곱슬머리를 다듬으며 넥타이를 고쳐 매고 짧게 한숨을 내쉰다. 서류가방 앞에 아내가 곱게 다려 접은 밤색 체크무늬 손수건을 끄집어내어 송글히 맺힌 땀을 닦고는, 씨익 평희의 결혼에 신이 난 아내를 떠올리며 웃음 짓는다. 그의 건너편에는 멀쩡하게 생긴 덩치 큰 안경 쓴 청년이 옆에 악기를 둘러메고 졸고 있었다.

"당신이 원하는 기능만으로 만들어진 핸드폰을 가질 수 있습니다. LG는 그 기능의 가격만 받겠습니다. 당신을 위한 맞춤형 스마트폰."

"오늘 시장선거에는 여성/장애인/복지문제 등을 해결할 후보에 세 명, 건설/노동 등의 문제를 해결할 후보 세 명, 교육/문화/외화유치 등에 힘쓸 후보 세 명이 경합을 벌이며 오늘 투표를 통해 선출된 세 명의 연립시장은 도시 각 부분의 발전을 위해 최선을 다하게 될 것입니다. 투표에 참여하세요."

"마약은 당신뿐만 아니라 당신의 자녀를 해칠 수도 있습니다. 지속적인 신경 자극으로 인한 도파민의 자의적인 분비는 마약중독과 같은 결과를 초래합니다. 수동적인 대상에게 행하는 행위는 범죄입니다. 주변에 도움을 요청하세요. 사랑하는 사람들을 지키세요."

지하철 TV 방송을 지켜보던 철수는 오늘이 선거일이라는 것을 기억해내고는 퇴근 후 바로 집으로 가야겠다고 생각하면서 자리에서 일어섰다.

"어이, 구 팀장. 역시 하루도 늦는 법이 없구만. 지금까지 고생

했는데 미안하네만, 이번 단지는 선분양 맞춤형 후 설계 시범단지라 앞으로 더 고생해야겠군. 팀 회식으로 몸보신 하지. 데이터 잘 정리해서 설계사에 넘기고, 그럼 수고."

"네. 들어가십시오."

90도로 인사하고 철수가 자리에 앉자 지 대리가 싱글대며 묻는다.

"팀장님, 오늘 회식입니까?"

"이 사람아, 오늘 선거일인데 선거해야지. 조 과장 1분 지각."

"굿모닝, 에이, 팀장님. 문 열고 들어왔을 때 정각이었습니다. 뭐야, 아직 우리 막내는 안 온 거야? 우리 TFT(Take Force Team) 기강이 왜 이래, 저 뺀질이는 오늘 어쩐 일로 지각을 안 했데."

"조 과장, 이비위 사원은 그래도 분양하는 분들한테서 아무런 컴플레인도 안 들어 오네. 이제부터 일이 더 많아질 텐데, 자네는 컴퓨터도 느려, 말재주도 없어, 앞으로 어쩔 건가."

"저는 인물이 좋지 않습니까. 팀장님 또래는 저뿐인데 누구랑 정치 얘기 하시려구요. 에이, 제가 있어야 애들이 팀장님 말을 잘 듣죠."

"큭큭, 그건 그래요. 과장님이 계셔야 팀장님이 빛이 나죠."

"죄송합니다. 늦었습니다."

"늦는다고 신호 빨간불인데 건너지 말게. 이번 분양에 막내가 가장 다량의 분양처리를 해주었네. 수고했네. 가장 어려운 분쟁을 그래도 조 과장이 처리해줘서 무사히 끝낼 수가 있었고, 이비

위 사원의 말솜씨가 한몫했고, 물론 지 대리의 신속한 데이터처리가 없었으면 불가능했겠지. 위에서도 우리 수고를 잘 알고 있어서 회식하라고 하신다네. 오늘은 다들 투표하고 내일 몸보신하고 입주까지 무사히 끝날 수 있도록 합시다."

"또 릴레이 경주네. 자, 자, 달리자고."

팀의 막내가 헐레벌떡 사무실에 도착하자 철수는 팀원 한 명 한 명의 노고를 치하하고 앞으로 닥칠 일의 폭풍을 미리 위로했다. 그가 팀원들을 다독이는 폼에 집에서는 볼 수 없는 위엄이 느껴졌다. 그리고는 자리에 앉아 어떻게 아내 보영을 꼬드겨 피아노를 살 수 있을까 생각하는 그였다.

PM 12:30 영만네 편의점

"카스라이트 1,800원입니다."

바코드에 기계를 갖다 대던 영만은 훤한 대낮부터 맥주를 사는 여자의 얼굴이 궁금해 힐끔 여자를 바라본다. 그리고는 고개를 갸웃대더니 반갑게 미소를 지었다.

"야, 05학번 구평희!"

지갑에서 돈을 꺼내려다 자신을 부르는 남자를 물끄러미 바라보던 평희는 갑자기 벌겋게 눈시울을 붉히며 울기 시작했다. 갑작스러운 그녀의 울음에 영만은 당황해 어찌할 바를 몰라 그냥 가만히 서 있어야 했다. 그리고 그녀가 그렇게 지금처럼 소리 내어 울던 2006년의 겨울을 떠올렸다.

"앙, 으아앙, 흑흑……."

"야, 술 취했으면 곱게 취해라. 쪽팔린다. 진짜."

"선배, 흑흑……. 쪽팔린다는 게 부끄럽다는 거예요? 흑……. 뭘 판다는 거예요? 흑흑……. 선배는 좋겠어요. 그림 잘 그려서. 그림 그리는 거 많이 좋아하잖아요."

"그게 왜 좋아. 너도 좋아하잖아. 그래서 우리 동아리든 거구."

"아니에요. 흑흑. 나는 그림 안 좋아해요. 그냥 멋있어 보여서. 선배가……. 나는 졸업하면 취업 해야 되는데 좋아하는 것도 없단 말이에요."

"야, 너같이 장학금 받는 애가 그런 얘기 하면 짜증 나거든. 나 같은 그림쟁이들은 졸업하면 앞길이 막막한데 그리고 니가 잘 모르나 본데 너 그림 좋아해."

"선배……. 술 한잔할래요?"

"으응? 다 운 거야? 2시가 교대시간인데 저기서 일단 얘기 좀 하자. 아직도 안주 커피나만 먹어? 뭐 먹을래?"

"어……. 기억하네요. 이젠 아무거나 다 먹어요. 그래도 커피나 있음……."

"근데 도대체 무슨 일이야? 너 이 근처에서 일하니? 알았으면 밥이나 한번 먹었을 텐데. 요즘 동아리 애들은 통 안 만나서."

"요 앞에 「진심」에 다니구 있어요. 선배는 요즘 뭐 하세요?"

"나? 나는 뭐 보시다시피 알바하지. 하핫……. 만화 그리지. 내가 뭐하겠냐. 왜 운 거야? 설마 반가워서는 아닐 테고……."

"나 방금 파혼하고 왔어요. 날 잡아놨거든요. 근데요. 그 사람이 같은 직장 상사여서 직장도 못 다닐 거 같아요. 오후에 사표 쓸 생각하고 기분 꿀꿀해서 맥주 한잔하려고 왔는데 선배 만나니 옛날 생각이 나서 울컥했죠, 뭐. 내가 선배 몰래 선배 좋아했었거든요. 큭큭……. 몰랐죠? 그나저나 우리 엄마 알면 난리 날 텐데……. 어쩌죠?"

그녀가 아무 생각 없이 내뱉는 고백에 영만은 끄적이고 있던 그림노트와 편의점의 유니폼을 번갈아 바라보다 장난스럽게 툭 내뱉었다.

"가방은 왜 버려. 비싸 보이는데."

"그 사람이 사준 거예요. 아, 속 시원하다. 살 것 같아요. 큭큭. 가방 좀 아깝긴 아깝다. 내가 제일 좋아하던 건데, 나 선배 아직도 좋아하는데 저런 가방 못 사주죠? 에이……. 큭큭큭, 농담인데."

그녀가 긴 생머리를 귀 뒤로 넘기며 새침히 웃으며 물어오자 영만은 순간 저 가방을 사려면 내가 무슨 일을 해야 하나를 고민하고 있었다. 평희는 이쁜 투피스의 옷매무새를 다듬었고, 또다시 눈물을 글썽이며 그에 관한 것들을 내뱉었다.

"맥주 마시면 살찌는데, 오늘 늦어서 차 안 몰고 오길 잘했다. 저 초보운전이거든요. 흰색 아반떼예요. 선배 알죠? 내가 책 읽는 거 얼마나 싫어하는지, 근데 그 사람은 툭하면 서점에 데이트하러 가고……. 선배 알죠? 나 운동 죽기보다 싫어하는 거. 근데 그 사람 툭하면 차 놔두고 걷자 그러고……. 내가 힐 좋아하는 거 알면서 꼭 걷자 그러고……. 저 가방도 꼬실 때 사준 거예요. 그리고 액세서리는 사치래요. 그러면서 선물은 꼭 책이나 음반 선물해요. 나 2PM 좋아하는데, 클래식 음반 선물하고, 현빈 나오는 드라마 보면 골 빈 여자 취급하고, 술안주로 꼭 한치 시켜요. 아아앙, 커피는 밤에 잠 안 온다고 안 마셔요. 그 사람은 무슨 노친네예요? 정말 못 해먹겠어서 도저히 결혼 못 하겠어서 헤어지자 그랬어요. 아……. 속 시원하다. 이히…….”

“크큭……. 나 여기서 알바하니까, 술 마시고 싶을 때 찾아와. 오늘은 친구들 모임 있다, 나.”

“그럼 저 갈게요. 담에 꼭 봐요. 내가 그동안 모은 칼 보여드릴게요. 이쁜 거 많이 모았어요.”

“아직도 모으냐. 잘 가. 아, 잠깐만 평희야! 이거 가지구 가. 파혼 선물.”

‘재회의 선물…….’

영만은 속으로 그렇게 읊조리고 있었다. 두꺼운 투피스를 입은 긴 생머리의 그녀에게 명품백 대신 안겨져 있는 것은 그녀 덩치의 두 배는 될 법한 흰색의 곰돌이 인형이었다. 갑작스러운 선물에 두 눈을 크게 뜨고 구두를 또각거리며 걸어가던 평희는 뒤돌아 뛰어와 문을 열고 외쳤다.

“선배, 선배 나랑 여행 갈래요?”

영만은 웃으며 가만히 고개를 끄덕였다.

PM 1:00 미디 인문계 고등학교 2학년 5반 교실

"야, 임시담임 왔대."

"크크. 청바지, 학교에 청바지 입고 왔어. 교감 또 난리 나겠네."

시끄럽게 떠드는 반 친구들의 소란 속에서 오후의 나른한 잔디밭 나무둥치로 데려다주던 시경형의 노랫소리를 멈추고 임시 부임한 담임을 바라본다. 장난스러운 앳된 얼굴에 모델 같은 긴 다리를 뽐내고 있었다. 귀 뒤로 넘긴 짧은 단발과 가지런한 짙은 눈썹이 깐깐해 보이는 것이 남은 2학년 생활이 수월치는 않을 것 같다.

"차렷, 경례." "안녕하세요."

"안녕하세요, 반갑습니다."

그녀는 직사각형의 갈색 뿔테를 콧등 위로 밀어 올리며 웃으며 인사를 했다.

"제 이름은 루소미입니다. 거꾸로 읽으면 '미소'죠? 여러분이 아시다시피 담임 선생님이 이쁜 아이를 낳으러 가셔서 제가 여러분을 맡게 되었어요. 첫 부임지여서 조금 떨리고 어리숙해 보여도 이해해주세요. 남은 2학년 저와 함께 마무리 잘해보기로 해요. 또 집에 가서 담임 선생님 초짜라고 이르지 말구요. 제 과목 뭔 줄 알죠? 담임 선생님이 맡으셨던 국어를 계속 맡을 텐데 오늘은 이름도 익힐 겸 성적표 나눠주고……."

"아악!" "에이." "우~."

"흠……. 성적표 나눠주고, 질문받고, 시 한 편 같이 읽고 끝낼게요. 이 반에 전교 1등이 있네요? 나일구. 누군가요? 한 번도 놓치지 않고 1등 하기 쉽지 않을 텐데 반을 이끌고 가느라 수고가 많아요. 2학년에서 언제나 성적 우수반일 수 있는 건 다 나일구 덕택이에요."

새 담임은 구석에 처박혀서 책만 보는 일구가 무슨 반의 성적을 이끌고 있다는 건지 알다가도 모를 일이다. 저 짱구 눈을 반짝이는 폼이 다음 시험도 1등 하게 생겼다.

"구노아, 노아가 누군가요?"

"얼……. 노아가 2등인가 봐. 저 자식 머리가 갑자기 어떻게 된 거 아니야?"

"접니다. 설마 제가 2등입니까?"

"노아가 실은 진짜 전교 1등이네요. 반에서 25등, 전교석차 150등, 총 석차 200등 올랐어요. 학교창립 이래 이렇게 석차가 오른 건 처음이라는데 우리 학교 컨닝 방지 모션 감지 시스템하에서는 컨닝은 불가능하기 때문에 노아 스스로 해낸 일이 맞아요."

"얼" "저 자식 미쳤어." "너 과외받았지." "와 대단하다."

"150등이래면서 무슨 1등, 저 선생님 좀 이상해."

도저히 믿기지가 않는다. 내가, 내가 반에서 25등 이건 기적이다. 모든 게 다 아인 누나, 아니 스승님 덕택이다. 아인 누나에게 이 성공의 기쁨을 안겨줄 생각을 하니 세상 모든 것을 가진 것만 같다.

그럼 혹시 나의 성공은 아인 누나가 기뻐하는 것일까? 진짜 성적표에 25등이라고 찍혀 있다.

"노아는 윤리, 한문만 만점이에요. 국어도 다음엔 만점 받을 거지?"

"네, 제가 언어영역 좋아해요."

"이번 시험부터 각 과목 우수자들에게 선생님들이 작은 선물을 주기로 했어요. 좋죠? 그리고 특별히 노아처럼 성적이 오른 친구들에게는 학교에서 방학을 이용한 외국탐방의 기회를 제공하기로 했습니다. 노아는 이번 겨울방학 때 한 달간 다녀오게 될 거예요. 여러분도 열심히 해서 혜택을 누릴 수 있게 되었으면 좋겠어요."

"더 좋은 소식이 있어요. 학교 짱 '히나소'가 이번에 조직싸움에 연루되어서 징계를 받게 되었어요. 3학년 올라갈 때까지 전교생을 대상으로 한 호신 무술 교육을 의무적으로 맡게 되었어요. 한 반씩 일주일에 한 시간씩이니까요. 모두들 히나소 선생님의 지도에 잘 따르도록 하세요. 공짜로 호신 무술 배우게 돼서 좋죠?"

저 무서운 히나소가 부끄러워하고 있다. 저 불량스러운 자세로 앉아 볼이 발개져서 웃고 있는 것을 보니 분명 부끄러워하고 있는 것임에 틀림이 없다.

"그리고 아까부터 계속 폰카로 선생님의 이 멋진 몸매를 찍어대는 저 친구는 미래 유명한 카메라 감독의 자질이 엿보여요. 저 각도와 SHOT을 잡아내는 폼이 안 봐도 훌륭한 사진이 찍혔겠네요. 아무도 선생님인 줄 모르겠네요. 이름이……. 원비도? 비도의 자위행위에 선생님의 사진이 도움이 돼서 성적향상을 가져와 후에 성공하면 꼭 담에 전화라도 한 통화 해주기에요? 고마워요. 이쁘게 찍어줘서."

"악, 뭐야, 원비도 변태야?"

"재 우리한테도 그러잖아. 근데 찍긴 잘 찍나?"

"큭큭……. 죄송합니다. 선생님. 제가 이쁜 거 골라서 '롱다리 선생님'이라고 학교 게시판에 올려드릴게요."

저 변태 녀석의 폰을 압수하지 않고 저렇게 말하는 선생님은 처음이다. 강적이 우리에게 왔음을 그녀의 변하지 않는 표정으로 다시 한번 느낄 수 있었다.

"저기, 선생님도 보지 않고 거울만 보는 이쁜 아가씨가 '구미칠'인가요? 학교 뒤쪽의 저택이 미칠이네 집이래면서요?"

"으……. 재수." "공주병, 남자가 그렇게 많다면서." "돈 많으면 다야?"

"내일 국어수업은 미칠이네 잔디밭에서 하기로 했어요. 어머님한테 말씀드렸어요. 괜찮죠?"

"네? 네……. 저는 좋아요."

"내일 친구들에게 동생들도 소개시켜 주고, 작품들도 보여주기로 해요."

막내처럼 철없어 보이던 저 공주병 왕따 미칠이에게 동생들이 있었다니……. 새 담임 때문에 많은 것을 알게 된다. 그러고 보면 나한테 누나가 있고 내가 「조지 윈스턴」과 가수 「성시경」을 좋아한다는 사실을 아는 아이가 반에 몇이나 될지……. 우리 모두 서로에게 참으로 무관심했던 거 같다는 생각이 들었다. 새 담임은 한 명 한 명의 이름을 부르며 성적표를 나눠주면서 그 친구의 장점을 이슈 삼아 반 친구들과 이야기를 나누었다. 이미 반 학생 모두의 특성과 문제들을 파악하고 있는 듯 보였다. 저 아이가 저런 걸 잘했나? 저 아이에게 이런 점이 있었나? 시간이 지날수록 모두는 모르던 사실에 놀라워하고 있었다.

"마지막으로 우리 반 꼴찌 심수진, 이것도 재주예요. 찍는 것마다 다 틀리죠? 공부하지 말래는 거에요. 열심히 이뻐져서 꼭 반 친구들이 TV에서 볼 수 있게 해줄 거죠? 원비도한테 이쁜 사진 많이 찍어 달래구요. 내가 본 여자 중에서 우리 심수진이 젤 예쁜 거 같아요. 그쵸?"

"선생님, 저 춤도 잘 춰요. 축제 때 보여드릴게요."

"혹시 질문 있나요?

"선생님에게 성공은 뭡니까?"

나는 계속해서 나를 괴롭혀왔던 문제를 선생님에게 던졌다.

“전교 1등 구노아, 사실은 성공이 뭔지가 궁금한 거 아닌가요? 흔히들 성공은 남이 부러워할 만큼 부유해지고 남을 밟고 피라미드의 위로 올라가는 것이라 생각들 하기 쉬워요. 그러나 선생님에게 성공은 여러분이 자기 자신과 당당히 마주하게 되는 것입니다. 자신에게 당당한 사람은 남 앞에서도 당당할 수 있기 때문이지요. 남 앞에 진정으로 당당한 내가 되는 게 제가 생각하는 성공입니다. 여러분은 꼭 성공해야 해요. 그래야, 선생님도 성공하는 거니까요. 질문 고마워요. 노아 학생.

이번 시간의 나머지 시간은 한 무명작가의 시를 읽고 끝낼게요. 우리 목소리 멋진 시인 조네노가 읊어줄래요?”

“야, 조네노, 일어나.”

“응? 어……. 나 눈만 감고 있었어.”

〈no grade〉

그 언젠가 우리 함께 갔던 시골의 개울가.
통통한 너의 발을 휘감고 지나가던 시원한 물줄기가 있었지.
투명한 물에 손을 담그고 우린 조그만 조약돌을 집었어.
검은색의 둥근 조약돌, 그 옆의 세모난 뾰족한 녀석.

하나를 집어 들여다보는 거야.

우린 보고야 말았지. 투명한 물줄기 속에 숨겨진

이 거룩한 다채로움을.

나는 보고야 말았지. 흐르는 물줄기 속에 숨겨진

이 소중한 다채로움을.

흰색의 점박이, 넓적한 못난이, 길죽한 삐딱이,

동그란 홍옥이, 화려한 반짝이, 커다란 우람이.

우린 알고야 말았지. 개울가 이 세상 속에 감춰진

이 비밀의 다채로움을.

PM 7:00 마포의 삼겹살집

'치이 치' 고기 굽는 소리가 가을 서내의 가로수길에 울려 퍼진다. 노아 일행은 먼저 와 알바생 영만을 기다리고 있었다.

"얘, 왜 이렇게 안 와. 맨날 늦어요. 분명 또 지하철에서 그림 그리다 역 지나쳤을 거야."

"주식 좀 올랐냐?"

"너는 100만 원 맡겨놓고 하루에도 100번 물어보니, 이 백수야. 도대체 그놈의 작품전은 언제 하는 거야!"

"나는 작품전 천천히 하고 싶다. 그렇게 빨리 매너리즘에 빠지고 싶지 않아. 좀 더 많이 보고 싶어서."

"말은 청산유수에요. 그냥 능력 없다 그러지. 에휴……. 너같이 사회경제에 보탬을 안 주는 백수 땜에 주가가 안 오르는 거야."

"야, 여왕 너는 고양이랑 사는 백수가 불쌍치도 않냐. 백수는 문화의 발전에 기여하고 있잖아. 주가가 주춤하면 문화가 발전하고 있나 보지."

"어이~ 방가방가. 늦었지. 어유 우리 주인공, 오늘 이쁘게 하고 왔네! 마노아 축하한다. 이번 연말 시상식에서 최고 연장자 신인상 받게 됐다면서."

"무슨 또 싱거운 소리고. 또 작품 쓰다 왔나. 앉아서 빨리 고기나 무라. 우리가 이럴 때 묵지. 언제 묵겠노."

"헤헤헤, 재밌지, 재밌지, 에이……. 재미없냐?"

"새벽까지요? 네……. 그건 제가 모르고……. 죄송합니다. 이만 가볼게요."

"야야, 비키봐라. 방금 분명 꼬마 같았는데……. 안 되겠다. 내 먼저 간데이."

영만의 장난에 면박을 주던 노아는 면접을 보고 돌아가는 아인을 발견하고는 급히 친구들에게 인사하고 소지품을 챙겨 일어섰다. 멀리 낙엽이 지기 시작한 마포거리를 폴짝폴짝 타일을 하나씩 밟으며 머리를 단단히 위로 올려 맨 촌스러운 재킷의 여인이 되어버린 꼬마가 걸어가고 있는 것이 보였다. 노아가 긴장한 채 꼬마를 부르려 하는 찰라, 옆집의 학생이 오토바이를 그녀 옆에 세웠다.

"누나! 나 200등 올랐어. 새로 온 담임 선생님 완전 대박이야.

집에 가서 얘기해줄게. 어서 타. 글구 평희 누나 파혼했대. 집 완전 초비상이야. 빨리 가야 돼."

"진짜? 꺄아……. 가르친 보람이 있네. 큭큭. 평희는 다른 사람 좋아해. 아……. 기분 좋다. 우리 오토바이 로드로 가자."

오토바이를 타고 사라지는 꼬마를 흐뭇한 미소로 바라보던 노아는 〈호두과자가 세상에서 제일 좋아〉를 흥얼거리며 다시 삼겹살집 안으로 들어갔다.

그렇게 2011년. 불안하지만 여유로운 모두의 가을이 깊어가고 있었다. 언젠가 자신만의 해, 자신만의 가을이 올 것이라는 희망을 안은 채…….

- THE END - 감사합니다.

너의
자리에서의
자유

〈너의 자리는 어디일까?〉

2030년 대한민국, 계속된 경제성장으로 부를 축적한 중산층의 교육수준 향상으로 양산된 대규모의 지식인들과 자본주의로 인한 병폐를 개선하려는 정부의 윤리교육 강화 정책하에 교육된 학생들, 인터넷을 통한 글로벌 마인드를 깨우친 지각 있는 시민들의 노력으로 새로운 노동법이 개정되었다.

[근로기준법 11조:취업을 하려는 자는 국립 뇌 과학 연구소 진로상담센터의 검사 결과서를 반드시 제출해야 하며 채용하는 자는 검사 결과서에 의거 적합한 자를 채용해야 한다.]

[근로기준법 12조:사업자는 채용된 근로자와 직종에 무관하게 이익을 1/n 해야 한다. (n=사업자를 포함한 근로자 수)]

2034년 12월 15일 국립 뇌 과학 연구소 진로상담센터에는 오늘 서울의 수재들이 모인다는 신사 고등학교 3학년 학생들의 검사가 있는 날이다.

남측의 전면 커튼월을 통해 겨울의 소박한 햇살이 중앙의 운동코트 위로 내려앉고 있었고, 운동코트 주변을 둘러싼 검사실을 분주히 커피색의 교복을 입은 학생들이 지나다니고 있었다.

검사실들과 운동코트 사이의 층진 계단에 병약해 보이는 얼굴이 희고 팔다리가 유달리 긴 남학생이 턱을 괴고 앉아서 커튼월 밖의 호수를 바라보고 상념에 젖어 있었다.

호수 주변은 온갖 종류의 꽃나무, 침엽수림, 사철나무 등이 심어져 있었는데 아직 단풍이 지지 않은 나무도 있었고, 크기는 제각각이어서 들쭉날쭉했다.

'나무 종류가 참으로 다양하구나. 다 같이 호수를 공유하고 있어.'

새롭게 보이는 호수 주변의 생태계가 번잡스럽던 학생의 머릿속을 정리해주는지 얼굴 표정이 한결 밝아졌다.

"야, 이나준 또 혼자 사색 중이냐."

"검사 안 받고 딴짓하는 이유를 빨리 불어라. 어서."

'툭, 툭' 이나준의 어깨를 치며 캐묻는 차갑게 생긴 안경잡이는 지현세이다. 나준의 어깨를 두르고 옆에 앉으며 인상 깊은 미소를 짓는 이는 백인성이다. 그리고 이들 셋은 동갑내기 반 친구이다.

"이나준, 너는 진로검사를 왜 하냐. 어차피 아버지 회사 물려받아야 되는데."

지현세가 차갑게 정곡을 찌르며 말을 잇는다.

"하긴 빌어먹을 회사. 새로운 노동법 때문에 이익이 줄어서 부담스럽겠다. 도대체 경영진하고 말단사원하고 봉급이 같다는 게 말이 안 된다구. 뭐, 나는 그걸 이용해 먹을 생각이지만……."

가만히 지현세의 말을 듣고 있던 백인성이 차분히 말을 건넨다.

"나준아, 회장님이 한낱 운전기사였던 우리 아버지를 한 가족처럼 생각하고 보살피셨던 것처럼 너도 회사를 물려받으면 그렇게 직원들을 가족 보살피듯이 돌봐야 해. 넌 그런 무거운 책임을 짊어지고 태어난 거야."

"나는 왜 부자이고 너는 왜 가난할까?"

나준이가 묻는다.

"친구고 가족인데 부자이고 가난한 건 중요한 게 아니야."

"또 시작이냐. 나는 수학을 너보다 잘한다. 더 잘생겼다. 됐지?"

"그래, 인성이는 성격도 좋고 결단력도 있고 탐구력도 좋아. 인성이가 우리 아버지 아들로 태어났다면 좋았을 텐데. 나는 혼자 곡 쓰는 게 좋아. 얘들아, 아버지 회사는 아무리 생각해도 내 자리가 아닌 거 같아. 인성아, 너의 자리는 어디일까?"

"많이 가지고 태어난 사람일수록 더 많은 부족한 사람들과 나눌 수 있는 자리에 앉아야 한다고 생각해. 그래서 나는 대학을 가려는 거야. 내게 맞는 자리에 앉아야 하니까. 그리고 우리 부모님이나 나는 우리 집이 가난하다고 생각하지 않아. 누구나 자신이 가진 걸 보지 않고 부족한 점만 보기 때문에 부족하다고 생각하는 거 같아."

"각자 가지고 있는 것들을 최대한 활용하려고 우리가 공부도 하고 검사도 하는 거고……. 저 호수의 물은 우리가 가지고 있는 것들인가 봐. 아버지 회사는 저 호수의 물이구나……."

"짜식, 또 돈도 안 되는 시 쓰네. 단체검사 있어. 가봐야 해."

빈정대는 지현세와 걱정스러운 듯 바라보는 백인성을 뒤로하고 이나준은 검사실 한 귀퉁이의 검은색 그랜드피아노에 앉았다. 눈을 감고 조용히 잔잔한 호수의 물결을 건반으로 옮긴다. 피아니스트인 어머니에게서 물려받은 길고 흰 손가락들의 분주한 움직임은 자신의 자리를 찾은 사람들의 아름다운 일터에서의 선율이다. 이 음악은 다 함께 만들어가는 것이다.

〈일은 왜 즐거울까?〉

2050년 5월 강남의 교차로에 파란불의 신호가 점등되자, 정지해 있던 한 무리의 자전거들이 일제히 움직이기 시작했다. 그 뒤를 조심스럽게 자동차들이 뒤따랐다.

'탄소배출세'가 부과되기 시작한 뒤로 자동차 수가 급격히 줄어들었지만 대중교통이 도시민의 수를 감당하기 어렵고 통학 거리를 줄일 만큼의 주거환경을 누리기 힘든 처지들이라 탄소배출이 타인의 건강을 침해하는 기본권 문제임을 인식함에도 불구하고 운전대를 잡아야 하는 사람들이 많아 그 수가 좀처럼 줄어들지 않았다. 다만 자전거 통행자에 대한 배려가 눈에 띄게 좋아진 것 때문에 백인성은 오늘 새벽도 기분 좋게 페달을 밟는다.

백인성은 자전거가 아름다웠다. 두 발로 페달을 밟으면 신체는 건강해지고 주변과의 교감은 감성을 풍부하게 하며, 체인과 바퀴 등 자전거의 부품들이 맞물려 만들어내는 소리는 하나의 음악이었다. 새벽에 자전거를 타면 머릿속이 맑아져서 복잡한 문제들도 말끔히 정리가 되고 새로운 아이디어가 샘솟는다.

자전거를 주차대에 정차하고 한숨을 돌리며 높이 솟은 건물을 바라본다. 직원들에게 자전거 타기의 아름다움에 대해 계속해서 강조하지만 통근 거리가 먼 직원들에게는 와닿지 않는 남 얘기란 것을 알기 때문에 좀처럼 늘지 않는 자전거 수와 높은 건물에 신경이 쓰이는 요즘이다.

10년, 서울대 경영학과 졸업 후, 나준이의 엉뚱한 행보로 얼떨결에 HD식품회사의 사장 자리에 앉게 된 지 10년이 흘렀다. 회사는 국내는 물론 해외에서도 경쟁력을 갖추고 있었기 때문에 백인성은 계속적인 제품개발에 힘쓰는 것으로 무리한 투자, 확장을 하지 않고 회사를 유지해왔다. 존경받는 젊은 사장 백인성의 관심은 사회와 국가를 위한 일, 인류를 위한 일에도, 직원들을 위한 일에도 뻗어 있었다.

1층 로비에 직원들의 자유로운 토론과 휴식을 위해 마련된 카페에 앉아 모닝커피와 샌드위치를 주문한 후 그는 이나준에게 메신저를 보낸다. 출근길에 떠오른 생각이 재밌어서이다.

"회장, 들어봐. 우리나라 시골에 사람 없는 마을이 늘어간단다. 그 마을을 통째로 사는 거야. 그리고 HD식품회사 마을을 만드는 거지. 굳이 회사가 서울에 있어야 할 이유는 없잖아. 사장실을 포함한 각 부서는 병렬적이고 직원들의 가족은 주변에 거주하면서 마을을 가꾸며 사는 거야. 그럼 모두 자전거로 통근하고 쉬고 싶을 땐 잠시 나와 나들이하고 가족들과 식사도 하고, 아이들은 어떤 일들이 있는지 견학도 하고 좋을 텐데. 어때?"

"백인성, 새벽에 메신저 하지 말랬지. 난 새벽에 잠을 자는 동물이야. 밤에 악상이 잘 떠오른다구. 임원회의는 오늘도 잘 부탁한다. 근데 맞벌이 부부는 어쩌냐? 아~함, 무리야, 무리. 다 데리고 갈 수도 없고. 빈 건물은 어디다 매각하지? 난 잔다."

"사장, 제발 메신저 공유 좀 하지 마시죠. 누누이 말했지만 나지현세는 탄소배출 없는 대체에너지 회사가 생기면 바로 이직할 생각이야. 자동차 회사 쪽으로 그 회사에 건물 매각해. 난 서울이 좋아."

근처 오피스텔에 거주 중인 지현세는 매연 속에서 조깅하면서 매일 저런 생각을 한다고 한다. HD식품회사는 급여가 높은 수준이기 때문에 있는 거라고.

마을 생각은 아무래도 재밌고 잘만 계획하면 정부 지원도 받을 수 있을지 모른다고 생각하면서 어느새 나온 샌드위치를 한 입 베어 물고 딴생각에 잠긴 백인성을 보고 반갑게 인사하는 이가 있다.

"안녕하세요. 좋은 아침이죠? 오늘은 저보다 먼저 나오셨네요. 사장님."

"안녕하세요. 실장님. 청소용 비누를 바꾸셨나 봐요. 향이 달라졌네요."

"역시 우리 사장님이시네요. 제가 발품 팔아서 인체에 무해하다는 아로마 향으로 만든 제품으로 바꿔봤어요. 직원분들 책상 청소하는 데도 쓰면 괜찮을 거예요. 바로 알아봐주시니 뿌듯하네요."

"항상 즐거워 보이셔서 제 아침이 상쾌합니다. 회사도 상쾌하구요. 근데 자전거는 안 닦으셔도 됩니다. 각자 해야 할 일인데요."

"에이, 저희들 시간 남으면 하는 일인걸요. 반짝반짝하면 저희 마음이 더 즐거워요."

"그럼 오늘 하루도 파이팅하시죠."

"네, 사장님 수고하세요."

마시던 모닝커피를 들고 엘리베이터로 가면서 백인성은 자기도 모르게 씨익 웃는다. 흥겹게 일하는 이를 보면 보는 이도 흥겨워지는 법이다. 모닝커피는 언제 마셔도 수준급이다.

"커피 향이 아주 좋습니다. 안녕하세요. 사장님."

인사를 건네는 흰머리가 희끗희끗한 은발의 단발머리 멋쟁이는 기획팀장 김정도이다.

"안녕하세요. 팀장님. 오늘 기획안 발표는 기대하고 있습니다."

김정도 팀장 같은 그 분야의 오래된 직원들 앞에 서면 자신도 모르게 긴장을 하는 인성이다. 백인성 자신처럼 내 이익보다는 회사를 위해서 자신의 능력을 즐겁게 내놓는 이들이기 때문이다. 받는 보수가 못마땅해 다른 회사로 옮기거나 자기 사업을 시작하는 사람들 사이에서 꿋꿋이 그 자리를 지킨 사람들은 더 많은 보상을 해주어야 하는지 넌지시 의견을 물었을 때 김정도 팀장은 자신들이 일을 하는 목적이 그 많은 보상 때문이라고 사람들이 생각하지 않아서 말단사원과 같은 급여를 받는 것이 좋다고 말했다.

어린 사장인데도 백인성에게서는 고개 숙이게 만드는 인품이 넘쳐흘렀다. 가족의 건강과 한식의 세계화라는 지난 회장이 만든 회사의 기본을 지켜나가는 것이 대견스러웠고 팀장은 그 기본에 적합한 아이디어를 내려고 노력해왔다. 엘리베이터에서 내린 팀장은 자리에 앉아 메일을 확인하고 사원의 소리함을 확인한다. 의외의 안들이 사원의 소리함을 통해 올라오고 있어서 기획안을 잡는 데 지난 몇 년간 계속 도움을 받고 있었다. 급여의 평준화는 회사의 발전을 위해 보이지 않는 곳에서도 능동적으로 움직이게 하는 것이었다.

김정도 팀장은 운이 좋았다. 정규교육에 흥미가 없어서 지방 대학의 산업공학을 점수에 맞춰서 전공했는데 국립 뇌 과학 연구소의 진로검사에서 기획력을 인정받아 HD식품회사 기획실에 겨우 취직할 수 있었다. 그는 아이디어를 도출하고 그 아이디어들을 수집하고 통합해서 새로운 아이디어를 도출해내는 데 재능이 있었다. 다른 사람의 말에 귀 기울일 줄 아는 관찰력이 풍부한 사람이었다. 일은 재밌었고 열심히 일한 만큼 통장에 잔고가 쌓여가고 여유로워졌다.

그는 책상에 오래 앉아 있는 것을 지양한다. 여행을 좋아하는데 회사에 오래 근무해서 좋은 점이 남보다 휴가가 길어졌다는 것이다. 선진정부의 최소주거지원을 받아 결혼도 이른 나이에 해서 자식이 하나 있지만 그에게는 자식이 하나가 아니다. 회사에 들어오는 신입사원들이 늘어갈 때마다 먹여 살릴 입이 늘어가는 것 같아 책임감도 늘어난다.

"좋은 아침입니다. 팀장님."

항상 진한 화장과 몸매를 강조하는 옷을 즐기는 29살의 주지현이 기획실을 온통 향수 냄새로 뒤덮는다. 제대로 서 있기조차 힘든 지옥철을 피하려면 1~2시간은 일찍 서둘러야 했다. 회사 근처로 독립하고 싶지만 작은 순댓국집으로 겨우 대학원까지 보내준 집안 형편을 누구보다 잘 아는 지현이었다. 그녀는 지독한 노력파이다. 주변에서는 그녀를 '악바리'라고 부른다. 식당이나 관리하고 시집갈 준비하라는 아버지를 국립 뇌 과학 연구소 진로상담을 근거로 힘겹게 설득하며 여기까지 온 지현이었다.

잠은 5시간 이상 자지 않는다. 얼마 전부터 빠른 출근 시간을 이용해 불어를 공부하기 시작했다. 영어, 중국어……. 계속 뭔가를 성취해야 하는 지현이었다.

늦게 입사한 33살 찰리박이 커피를 내릴 때까지 그녀는 절대 커피포트에 손을 대지 않는다. 월차가 있지만 한 번도 사용해 보지 않았다. 육아와 회사 일을 병행하려는 여자들이 그녀에게는 한심스러운 존재들이었다. 종족 번식은 인간의 본능이 아니다. 결혼과 임신은 선택의 문제이다.

지현은 남자친구와의 데이트에는 반드시 피임약을 챙겼다. 밖에서 술에 취해 정신을 잃는다는 일은 절대 일어날 수 없었다. 간혹 뇌 구조를 확인하고 결혼할 여성을 찾는 남성의 연락을 지현도 받는데 냉정히 뿌리친다. 그들 대부분은 종족 번식이 목적인 얌전히 가정을 맡아주길 바라는 이들이었다.

주지현에게는 여자로 태어남 자체가 불평등이다. 게다가 누구보다 열심히 공부하고 노력해서 실력을 쌓아가는데 대충대충 일하는 멍청한 사람들과 같은 급여를 받아야 한다는 사실은 늘 불만이었지만 김정도 팀장 같은 어르신들 앞에서는 그런 불만이 죄스럽다.

그럼 다른 일을 찾으면 되지 않을까? 자신과 같이 가정일이 버거운 사람들을 위한 제품을 개발할 수 있는 국내 제일의 식품회사 기획실 자리보다 즐거운 일이 그녀에게 있을까?

"지현 씨, 오늘 데이트 있어요? 팀장님, 오늘따라 유난히 이뻐 보이지 않아요?"

녹색의 머그잔을 손에 든 찰리박이 불어 공부를 하는 주지현 앞을 어슬렁거린다. 푸른 눈과 금발의 큰 키는 영락없는 미국인이지만 한국말은 수준급이다. 찰리박은 하버드대에서 한국의 선진 근로환경을 공부하고 한국으로 이민을 결정했다. 칠부바지에 귀공자 스타일의 세미 정장을 꼭 갖춰 입는 그는 예의 바른 한국인을 사랑했다. 말이 많았다. 그리고 말을 잘했다. 그런 찰리박 같은 직원의 말들을 아이디어로 구체화 시키는 것은 김정도 팀장의 몫이었다. 한국인은 갈수록 미국인스러워졌다. 말이 자유롭다. 미국인은 갈수록 한국인스러워졌다. 예의와 정신이 중요해진다. 주지현은 찰리박을 보면서 프랑스로 가볼까 생각한다.

그는 항상 기분이 좋다. 한국인들은 그에게 친절하고 삶이 여행 같아서이다. 그에게 기본을 지키는 사장과 자유로운 토론환경을 제공하는 팀장과 모든 직원이 회사의 성장을 위해 일하는 한국의 노동환경은 그를 항상 미소 짓게 한다.

그의 미국 친구들은 돈이 많은 그가 기반을 버리고 한국으로 가버린 용기에 대해 존경을 표한다. 그들은 미국이 인류에 대한 예의를 다하기 위해 조만간 한국의 노동환경을 따라갈 것이라고 입을 모아 말한다. 찰리박은 한국인이 되었다. 그러나 미국인이다.

몸에 좋은 한식을 바쁜 미국인에게도 손쉽게 먹을 수 있도록 하는 일을 한다고 생각하면 그는 자신이 애국자라고 생각한다. 한식의 세계화는 인류를 위한 일이다.

"자, 기본을 떠올리죠. 가족의 건강과 한식의 세계화."

어수선한 출근 시간이 지나고 사무실은 커피 향으로 가득해졌다. 김정도 팀장이 사무실 중앙의 탁자에 앉으며 회의의 시작을 알린다.

"간편한 외국 음식들 사이에서 어떻게 경쟁력을 갖출 것인가."

"퓨전 음식은 한식이라고 부를 수 있을까?"

"누누이 말하지만 난 약이랑 커피만 마시고 싶다니까."

"궁중요리를 술안주로 내놓는 주점이 있던데 다 같이 한번 가죠."

"신선함이 경쟁력이 될 수 있어요. 가공식품들은 건더기가 너무 빈약하잖아."

"나는 고기 먹기 싫어서 야채만 먹어요."

"한식을 꼬치로 만들까? 먹기 젤 간편하던데. 꼬치가."

"우리 집 식구는 국 없으면 식사한 것 같지 않다니깐요."

"와인과 커피는 한식이랑 정말 안 어울리는 것 같아. 소비는 갈수록 늘어나는데 어쩌지? 요즘은 유럽보다 소비가 많은 것 같아."

"커피 농장이나 와이너리를 회사에서 사들이는 건 사장님께 꼭 건의드리고 싶습니다. 팀장님."

"새로운 사업에 손대는 것보다 농장을 사서 원료들의 가격을

낮추고 품질 경쟁력을 갖추는 게 낫지 않을까?”

“어떻게 애국심을 고취 시키지? 그래야 경쟁력이 생긴다니깐.”

“난 김치 먹고 나면 입에 냄새가 남아서 싫어. 김치를 어쩌지…….”

“디저트 먹으면 괜찮다니깐.”

“떡국이나 칼국수 먹을 때 김치 없다고 생각해봐. 마리아쥬야. 문제는.”

“한식에도 마리아쥬를 접목해야지. 영양소 섭취를 극대화하는 식품들이 있더군요.”

수다, 자유로운 토론에 누구의 발언인가는 중요하지 않다. 때론 엉뚱해도 괜찮다. 성격이 소극적이어도 쌀쌀맞아도 괜찮다. 그들은 책을 읽고, 인터넷을 뒤적이고, 마트를 돌아다니고, 사람들의 동향을 살핀다. HD식품회사의 수다는 기획실을 넘어 디자인실로, 유통사업부로, 공장으로 이어진다. 인터넷이라는 산업환경을 최대로 활용해 능동적인 노동문화를 만든 백인성과 한국의 성과물이었다.

“며칠 전 천안공장에서 올라온 글 보셨어요? 엄마 밥상이 제일 맛있다더군요.”

“밥상이라 어떻게 가공하지?”

김정도 팀장도 관심이 가는 의견이었다.

“식판을 통째로 가공하는 건가?”

"에이, 이쁜 용기에 반찬이 간소하게 아기자기해야 한식이죠."

"소꿉놀이네. 여자애들이 좋아하겠는데요. 외국 아이들도 소꿉놀이할까?"

"우와! 소꿉놀이 재밌는데요."

"자, 신선함을 갖출 수 있는 가공방법, 외국인에게 통할 수 있는 메뉴, 맛과 영양소의 마리아쥬에 대한 스터디를 합시다."

점심시간이 지났다.

"자, 오늘 할당량은 다 하도록 노력해봅시다!"

점심 식사 후 늘어진 제조부 사원들을 재촉하는 우렁찬 목소리가 층고 높은 공장 내부에 쩌렁거린다. 웬만한 남자들은 기도 못 펼 것 같은 우람한 그녀는 벌써 나이가 55살인 HD식품회사 천안공장의 로봇 엔지니어 서경자이다. 로봇공학도인 그녀는 5년 전 정부의 주도로 공장의 위험라인에 의무 투입되는 인공지능로봇 M을 관리하기 위해 HD식품회사에 채용되었다. 간혹 위험라인에 자원하는 외국인 이민자들이나 국내 노동자들이 있어서 서경자 같은 관리자들을 곤란하게 만들었다. 불법이기 때문에 제조부 사원들 채용에는 엄격한 규율을 따르는데, 그들보다 서경자를 곤란하게 하는 사람이 있었다.

"설화! 조심하세요!"

설화 작업라인의 로봇 M이 또 성급히 소리를 내지른다.

이설화, 30살의 이 수수한 외모의 선한 눈빛의 제조부 사원은 공장에 취업한 지 10년이 지났지만 매번 실수투성이다. 속도를 쫓아가지 못해 매번 위험라인을 넘어서서 로봇 M의 경고를 듣는다.

5년 전 처음 공장에 서경자가 왔을 때 딸의 반 친구인 그녀가 공장에 있는 것을 보고 나가서 다른 일을 찾아보라고 권유했다. 이설화는 딸이 다니던 학교에서는 소문이 자자한 우등생이었다. 국립 뇌 과학 연구소의 진로상담 결과로는 공장에 취업할 수 없었지만 위험라인에 지원해서 간신히 다닐 수 있었다고 한다. 집안이 어렵고 엄마의 병세 때문에 대학은 꿈도 꿀 수 없었다. 그녀는 국내 대기업의 제조부 사원이 되어 안정적인 급여를 노렸다. 서경자는 딸 같은 그녀가 매번 실수하고 힘들게 일하는 것이 안타까워 말한다.

"설화야, 누구에게나 자신에게 꼬옥 맞는 일이 있는 거 같아. 이 아줌마처럼 즐겁게 일하고 싶지 않니? 너희 어머님도 그걸 바라실 거야."

"아주머니, 제게 꼭 맞는 일이 있다면 언젠가는 제게 그 일이 오지 않을까요? 지금은 제 형편이 HD식품회사를 떠날 수가 없어요. 좀 봐주세요. 헤헤. 그리고 회사를 위해서 의견을 내고 그 의견들이 현실화되는 게 뿌듯하고 즐거운걸요. HD식품회사는 제 회사나 마찬가지예요."

"으이그, 누가 알아주지도 않는데, 속 터져서. 이설화라구요, 이설화. 대한민국 인재가 여기 있다구. 천안공장에서 봉지에 도장 찍고 있다구."

"아주머니 다른 분들 들어요. 아이 정말."

"여보세요. 여기 인재 있다구요. 클클, 인재 좀 제발 데려가슈."

"반장! 위험합니다."

"M, 잘 지켜. 우리 회사 인재야. 클클."

멀리서 서경자와 이설화의 대화를 듣게 된 백인성은 오늘 또 보고된 사원의 소리함의 주인공이 이설화인 것을 오늘에서야 알게 되었다. 지난 10년 동안 몇 번이나 천안공장을 기웃거린 그였다. 제조부 사원들은 모두 백인성이 본사 지원팀이라고 알고 있었다.

10년 전 컴퓨터를 지원하고, 정원을 만들고, 공기정화시설과 위험방지라인에 투자를 했지만 계속 서서 일해야 하는 공장의 제조부 사원들에게는 마음이 늘 불편한 백인성이었다. 게다가 누군가의 계속된 투고가 기획부에 좋은 영감을 주어 회사의 성장에 많은 보탬이 되고 있었다. 제조부 사원들의 건강과 인격이 제품의 위생, 품질에 중요하기 때문에 그는 제조부 사원들의 근무환경 개선에 최선을 다했다. 사원의 소리함에 내놓은 천안공장사원 누군가를 통해 깨우친 제품의 완성도를 높이는 방법이었다.

이설화, 그녀는 보통 키의 백인성보다 키가 조금 작았다. 일은 정말 서툴렀다. 점심시간 정원 벤치에 앉아 책을 보던 여자였다.

'그녀가 참 친근하다. 마치 오래전 헤어진 여동생을 찾은 기분이야. 이봐요, 당신 의견이 또 제품화될지 몰라요.'

이 생산라인을 건너가 뜬금없이 친한 척 말을 걸고 싶었다. 백인성은 그녀의 얼굴을 확인하고 서둘러 공장을 벗어났다.

서울행 지하철이 지나간다. 지하철 역사의 벤치에 앉은 그는 점심시간 공장의 정원으로 향한다.

그가 만든 정원, 아니, 그와 그녀가 만든 정원에는 각종 꽃이 만발해 있었다. 바람이 불면 자작나무의 잎이 하얗게 햇살에 반짝이는 소리를 내었다.

여자, 여자는 백인성에게 어떤 존재인가? 어머니, 희생, 안정……. 한 번도 고민해보지 않은 문제였다. 부모님이 가끔 여자친구는 없냐며 넌지시 건네는 말씀에 웃음으로 때우던 그였지만 갑자기 여자가 궁금해졌다.

"이나준, 너한테 여자는 뭐냐?"

"왜 이래, 지구 반대편의 또 다른 생명체에게 관심을 다 가지고. 난 생각해본 적 없는데. 음악적 영감을 주는 여자가 여자야. 지현세한테는 여자가 섹스파트너야. 묻지 마. 추해. 현세 같은 인간들이 나한테는 상처라구, 상처. 믿을 수 없는 현실이야."

"그래, 꼬마, 너한테 물은 내가 한심하다. 그냥 갑자기 우리 나이가 벌써 이렇게 됐나 해서. 천안공장 사원 찾았다. 나준아."

"어……. 진짜? 사진이라도 찍어오지. 이제 천안공장 염탐 안 해도 되겠네."

"이번 기획안 빨리 제품화시킬 생각이야. 왜 이렇게 두근거리지?"

"봄이구나. 크……. 제주도나 갈까? 수고해, 사장."

"그래, 회사에 좀 나오고 그래라. 꽃이 많이 피었더라."

'봄? 봄이란 게 이런 거구나…….'

지하철은 서울을 향해 달렸고, 백인성은 다시 정원을 향해 달렸다.

〈욕망의 이성적 제어는 인간의 본능이 아닐까?〉

"여기야 지현. 찾기 힘들었지?"

두리번거리는 지현을 부르며 현세는 한 손을 가볍게 들었다.

"조금요, 웬 와인바예요? 난 그냥 회사 근처에서 칵테일 한잔 하는 게 좋은데."

지현이 앉자, 소믈리에에게 메뉴판을 건네며 묻는다.

"오늘은 부르고뉴로 하지. 이 가게 어때?"

"고급스러우면서 캐주얼하고 어딘가 모르게 섹슈얼한 게 딱 현세 씨 같아요."

"압구정은 서울의 욕망을 꼴라쥬 해놓은 대표적인 곳이지. 큰 돈을 만지려면 회사 근처보다는 여기가 좋을듯해서. 내 가게야. 「Jbar」. 지현세의 'J'야."

"현세 씨 집 부자인가 봐요. 오피스텔도 그렇고, 땅값이 비쌀 텐데. 놀랐네요."

"우리 집이 부자인가? 아버지는 교수고 어머니는 레스토랑을 하시는데 난 유학을 장학생으로 갔어. 회계학 교수 추천으로. 여기 압구정에서 밥 먹고 술 마셔대는 녀석들에 비하면 너무 가난해. 난 돈을 벌고 싶다구. 참, 그거 알아? 요즘에는 공장 노동자들도 압구정으로 와서 술을 마신대더라. 이곳이 블랙홀은 블랙홀이야."

소믈리에가 상볼뮤지니를 가지고 왔다.

"아름답군."

투명한 유리잔에 담긴 루비빛 액체를 머금는 지현의 관능적인 미모가 오늘은 유난히 더 아름답게 느껴졌다.

"부르고뉴는 처음인데. 맛있네요."

"오늘 회의는 어땠어? 좋은 기획안이 나왔나?"

"또 천안공장 사원의 소리함 의견으로 기획이 들어갈 것 같아요. 엄마의 밥상으로, 한 끼 식사를 해결할 수 있는, 뭐 소꿉놀이 얘기도 나오고. 그렇게 의견을 낸다고 해도 같은 월급을 받는다는 건 부당하다고 생각해요, 난."

"경영지원본부로 옮기는 건 어때? 내가 좋은 거 가르쳐줄 수 있는데. 이건 비밀인데. 난 요 몇 년간 내 월급에 인센티브를 주었다구. 난 사장이나 다른 팀장들처럼 존경으로 보상을 받을 수 없어. 난 내가 공부한 능력, 위치에 대한 보상을 받아야 한다고 생각해. 그렇게 이 와인바를 만들었지."

"그럼 와인바 직원들이 현세 씨에게 거짓 장부를 보고하면 어쩌시려구요?"

지현은 현세의 의견과 같았지만 직원들을 가족처럼 생각하는 김정도 팀장의 얼굴이 스쳐 지나갔다. 그리고 현세는 지현이 어떻게 HD식품회사 기획실 자리까지 왔는지 모르고 있었다. 사실 그동안 현세의 관심은 지현의 미모와 몸에만 있었다. 현세가 수학을 좋아하는 것을 지현이 모르는 것과 같았다.

"그래서 말인데 지현이가 이 가게를 관리해줄 수 있을까? 믿을 수 있는 사람이 필요해."

"가게는 현세 씨가 직접 관리하세요. 차라리 회사를 그만두고 가게를 더 만드시는 게 어떠세요? 저는 피곤해서 먼저 가볼게요."

"왜 화를 내지? 좋아할 거라 생각했는데. 당황스럽잖아. 그리고 오늘 자고 가는 거 아니었어? 부르고뉴 마시고 이런 건 또 처음이야."

"죄송해요. 현세 씨. 요즘 기획안 때문에 바빠서 그래요. 그리고 난 부르고뉴 사실 별로예요. 너무 아름다운 건 주변을 추하게 만들지 않나요? 먼저 가요."

지현은 싸늘히 돌아 문을 열고 나갔다. 똑똑한 여자는 참 구슬리기도 힘들다고 생각하면서 현세는 한숨을 푹 내쉰다.

'상볼뮤지니도 아름답고 주지현도 아름다웠는데 나는 오늘 누구랑 자야 하나…….'

찰리박은 달그락거리는 소리에 눈을 떴다. 여기는 어디일까? 작은 방이다. 이불에서는 좋은 냄새가 났다. 책상 위의 액자에는 인상 좋은 한국 청년이 웃고 있었다. 낯이 익었다. 조심스럽게 문을 열고 나간다. 작은 아파트였다. 빈티지스러웠고 소박하고 정돈된 느낌이었다. 한 여자가 있다.

"어, 일어났네요? 그이는 원래 일찍 출근해요. 잘 알죠? 푹 자게 깨우지 말래서요. 술도 약하다면서 어제는 기분이 좋았나 봐요? 해장국 끓여놨어요. 먹고 어서 출근하세요."

여자는 단아하게 머리를 묶어 넘긴 생머리에 간소한 앞치마를 두르고 활짝 웃는다.

김정도 팀장! 어젯밤 일이 떠오른 찰리박은 특유의 친화력으로 팀장님의 사모님에게 인사를 하고 식탁에 앉았다.

"저는 팀장님 따님인 줄 알았습니다. 그런 소리 많이 들으시죠? 이 국 진짜 맛있습니다. 자주 와야겠는데요. 팀장님이 바쁘셔서 속상하진 않으세요? 월급도 조금 주는 회사를 왜 그렇게 열성적으로 다니시는지."

"호호, 휴가가 많아서 같이 여행 다니느라 좋은데요, 뭘. 타지에서 고생이 많네요. 밥 먹으러 자주 오세요. 우리는 쓰고 남을 만큼 받고 있어요. 과분해요."

"저기……."

"네?"

"아, 아닙니다. 반찬도 정말 맛있습니다. 저도 사모님 같은 한국 여성과 결혼하고 싶다니까요."

'우리는 쓰고 남을 만큼 받고 있어요. 과분해요.'

찰리박은 어젯밤 일을 떠올렸다.

지현과 현세가 만나던 시간에 찰리박은 단골집인 막걸리 주점 「옛집」으로 김정도 팀장을 끌고 갔다. 팀원들을 풀어놨다 모았다 하는 그의 능력에 매번 감탄하는 찰리박이 막걸리를 마시고 취했는지 뜬금없는 속내를 털어놨던 것이다.

"팀장님 존경합니다. 전 한국을 사랑하고, HD식품회사를 사랑합니다. 능력만 되면 제가 사고 싶다니깐요. 실은 제가 미국에 있는 친구들과 회사를 만들려고 하는데 팀장님 같은 유능한 인재가 꼭 필요해서요. 조만간 만듭니다. 지금 받으시는 조건의 5배는 받으실 수 있을 거예요. 어떠세요?"

"자네 취했군. 난 지금도 과분해. 내 자식도 다 커서 벌고 있다네. 설령 부족하다고 해도 자네는 가족을 버리고 자네 배를 채울 수 있겠는가."

괜히 말을 꺼냈다고 생각했다. 과한 술은 욕망을 부추겨 인간을 옭아매는 형틀이다.

"팀장님, 오늘은 죄송했으니 제가 사겠습니다."

그렇게 몇 사발을 마셨나 보다. 머리가 지끈거렸다.

새 칫솔까지 세심히 챙겨주시는 사모님의 잔잔한 주름과 웃음이 참으로 매력적이라는 생각이 드는 찰리박이었다.

'부부가 닮았다. 부럽구나.'

한편, 백인성은 오늘 자전거를 타지 않고 천안행 지하철을 탔다. 안 뿌리던 향수를 뿌렸다. 건너편 창에 비친 자신을 계속 확인하면서 옷을 다듬는다. 늘 입던 소박한 정장이 오늘은 조금 초라한듯하다.

'옷을 좀 사 입을까?'

너무 서둘렀는지 시내 카페에 앉아 시계를 보며 시간을 잰다. 점심시간이 되자 샌드위치와 커피를 사 들고 공장의 정원 벤치에 앉았다. 이윽고 설화가 책을 한 권 들고 밖으로 나왔다. 샌드위치를 먹고 있는 인성을 한번 쳐다보고는 건너편에 앉는다.

조용히 책장 넘기는 소리만 간간이 들려오는데 인성은 침 넘기는 것도 힘들었다. 몰래 쳐다보는 것이 느껴지는지 설화가 책을 덮고 고개를 들었다.

"저기 혹시 본사에서 오신 분 아니세요? 어제 다녀가시지 않았나요?"

"네, 두고 간 게 있어서 가지러 왔어요. 무슨 책 읽어요?"

"그냥 요즘 사회의 소비패턴에 관한 책인데, 재미는 없어요."

설화는 귀엽게 책을 들고는 표지를 보여준다.

"재미없는데 왜 읽어요?"

"재밌는 일 하려면 도움될 것 같아서 읽는데 왜 공부하는 책들은 이렇게 다들 재미가 없을까요?"

"이상하네, 그 분야가 재밌지 않아서는 아닐까요? 다른 분야의 책을 읽어봐요."

"재미없다고 안 읽으면 남과 어떻게 대화를 하나요?"

"이야기를 들려달래죠. 듣고 묻고 들으면 되지 않나?"

"그런 사람이 있는 사람은 좋겠네요."

설화는 슬프기도 하고 뾰로통한 야릇한 표정을 지었다. 인성은 재빨리 다시 말했다.

'내가 재밌게 쓰여진 책들을 알려줄 순 있는데.'

'우리 집에 책이 많은데, 친구 집에도 많고…….'

인성은 말을 삼키고 말았다. 속상한 일이다. 나누고 싶은데 나누지 못함은.

“에잇, 괜찮아요. 한 문장을 열 번 읽고 나서 이해하고 나면 재미없던 책이 재밌어지더라구요. 어려운 책은 또 그런 재미가 있어요.”

“그거 혹시 알아요?”

인성은 오늘 다시 공장을 찾은 본론을 이제야 꺼낸다.

“뭘요?”

“본사에 국립 뇌 과학 연구센터 진로상담 검사서 제출하면 고졸도 입사 가능하다던데요? 한번 지원해보지 그래요?”

“쿡쿡. 시집이나 가라고 그럴 거 같은데요? 전 일하러 가요. 반가웠어요. 아 참, 아까 해주실 수 있다는 일은 전사원이 공유할 수 있도록 사원의 소리함에 〈책 좀 읽읍시다〉 이렇게 올려주시면 감사하겠습니다!”

역시 이설화 사원이다. 발랄하게 뛰어가는 그녀의 밝음이 참 좋다고 생각하는 백인성이다. 조금 더 있다가도 된다고, 내가 사장이라고 그녀의 가는 팔을 백인성의 안타까운 눈이 붙잡고 있었다.

‘조금 더 함께 있고 싶습니다.’

〈욕망과 이성의 평형상태를 우린 자유라 부를 수 있을까?〉

서울로 올라오는 지하철에서 전화가 울렸다.

“어디야 지금. NS에서 ‘한끼밥상’ 출시 발표한 거 알고 있어?”

이나준은 평소와 다르게 화가 많이 나 있었다. 김정도 팀장의 부재중 전화가 3통 떠 있었다. 10년 동안 한 번도 없었던 일이었다. 보안에 문제가 생긴 것일까? NS는 미국 자본으로 운영되는 신생그룹이었다.

"백인성이 회사에 출근 안 하고 천안공장에 다녀오다니, 기획안 발표하고서 여자에게 한눈팔려 일을 뒷전으로 하는 일도 생기는구나. 어쩔 거야. 소꿉놀이."

회장실에는 지현세가 먼저와 백인성을 기다리고 있었다.

지현세가 차갑게 말한다. 수익이 줄어드는 일은 지현세가 가장 싫어하는 일이었다.

"접어, 예상 매출이 반으로 떨어졌잖아. 가격경쟁력에서 밀릴 것 같아. 네 성격에 또 대충은 안 할거고."

"진행해야 해, 반드시. 회사 이미지에 큰 영향을 미칠 것 같아. 신속히 움직이자. 일단 광고를 대규모로 해외까지 점령해야 해."

"광고비, 생산비 감당하려면 월급이 많이 줄어들 거야. 얼마간 괜찮을까?"

"다른 기획안으로 소비층의 폭을 넓혀서 공략해보기로 하자. 직원들이 버텨줄 거라 믿어."

백인성이 직원들을 믿는 것처럼 언제나 백인성을 믿어온 이나준이었다. 백인성은 100% 사장이 되기 위해 태어난 사람 같았다.

"지현세가 어쩐 일로 월급이 줄어든데는데 고분고분하지? 「Jbar」 수익이 좋은가 봐. 그만 좀 해 처먹어라. 난 넌 절대 못 믿어. 보안에 더 투자해야 할 거 같아. 난 그 부분 개선 보강할게. 뒤죽박죽 악상이야. 내 봄을 돌려줘. 싫다구, 이런 건 정말."

오랜만에 회사 일을 해야 하는 이나준의 신경질을 피해 도망

나온 지현세는 간밤의 주지현과의 대화를 떠올린다.

'또 천안공장 사원의 소리함 의견으로 기획이 들어갈 것 같아요. 엄마의 밥상으로, 한 끼 식사를 해결할 수 있는 뭐 소꿉놀이 얘기도 나오고, 그렇게 의견을 낸다고 해도 같은 월급을 받는 건 부당하다고 생각해요, 난.'

아무 데서나 기획안에 관해 언급해서는 안 되는 거였다. 지현세는 뜨끔했다.

'주지현이 대학원비 대출금 상환 때문에 힘들다고 했는데 이 일에 관련된 걸까?'

그리고는 고개를 절레절레 흔든다. 그는 일에서도 연애에서도 자유롭지 못했다. 돈에 대한 욕망, 여자에 대한 욕망, 불신은 또 다른 욕망의 이름일까?

기획실의 분위기는 침울했다. 언제나 싱글벙글 수다스럽던 찰리박조차도 가만히 앉아 쥐죽은 듯 조용했다. 다음 기획안에 대한 구상 중이었다. 봉급이 한동안 깎여서 지급될 것이라는 것이 사원의 소리함을 통해 전 사원에게 전달된 상태였다.

지난밤 술에 취해 지껄인 말들이 후회스러웠다. 이성이 없는 상태에서 무슨 말들을 내뱉었을지 모르는 일이다. 슬그머니 김정도 팀장의 눈치를 살핀다. 김정도 팀장이 부하직원을 의심하는 사람이 아니라는 생각에 미친 그는 이내 다시 회사의 수익을 높일 수 있는 기획안에 대한 구상으로 들어간다.

주지현은 사무실 밖으로 나왔다. 당장 다음 달이 걱정이었다. 대출금 상환에 부모님이 하시는 가게의 월세도 빠듯했다. 가난은 그녀의 감옥이다.

'그래서 말인데 지현이가 이 가게를 맡아줄 수 있을까? 믿을 수 있는 사람이 필요해.'

지현의 머릿속은 혼란스러웠다. 그리고 아무리 경영지원본부 팀장이래지만 기획실 밖에서 기획안에 대해 떠든 것은 철저한 그녀의 실수였다. 급여를 위해서라면 프랑스나 미국의 회사를 알아보면 되는 일이었다. 일을 그만두고 와인바를 경영할 수는 없었다.

'얼마간은 적금으로 버틸 수 있을 거야. 외국회사는 그 후에 생각하기로 하자.'

복도의 창밖으로 파란 하늘이 높이도 뻗어 있다. 그녀는 살짝 미소를 짓고는 사무실로 들어갔다.

김정도 팀장은 여유로웠다. 자식은 다 커서 돈을 벌고 있었고 아내는 참으로 소박했다. 그러나 혹시라도 이번 일 때문에 그만두는 직원들이 생기지 않도록 서둘러 기획에 몰두했다. 아무래도 사원의 소리함의 보안이 문제라고 생각한 그는 사원들에게 기획에 관련된 의견은 기획부의 메일로 보내달라는 당부를 남기고 사무실에 소리를 한번 내지른다.

"자자, 기본을 잊지 맙시다. 가족의 건강과 한식의 세계화."

백인성은 그 시간 다시 천안공장으로 향하고 있었다. 회사의 일은 각부서의 직원들이 자신이 가장 잘하는 일들을 자신의 자리에서 만들어낸다. 최대의 효율, 최선의 노력, 최상의 결과. 이것은 모두가 함께 이루어낸 것이었다.

'바퀴가 멈추기 전에 서둘러야 한다. 두 번째 기획안이 나와야 한다.'

'소비층의 폭을 넓혀서 공략해보기로 하자.'

'그냥 요즘 사회의 소비패턴에 관한 책인데 재미는 없어요.'

백인성은 설화가 필요했다. 처음 맞는 위기, 화가 난 친구, 두려운 앞날, 철벽같았던 그도 허약한 인간일 뿐이었을까? 어딘가에 기대고 싶은 것일까? 인성의 이성은 천안행 지하철을 탔다.

공장 퇴근 시간이 가까워왔다. 공장출입문을 나서는 설화가 인성을 보고는 고갯짓을 한다.

"설화 씨, 잠깐만 시간 내주시겠어요?"

의아한 설화는 함께 나오던 사원들에게 인사를 하고 걸어왔다.

"본사는 괜찮나요? 여기 사원들은 어려운 분들이 많아서 조금 어수선했어요."

"설화 씨는 어때요? 다른 곳으로 옮기셔야 되는 건 아니죠?"

"그러게요. 저는 많이 가난했고, 돈이 필요해서 HD식품회사가 필요했는데, 10년 동안 회사는 제게 일을 주고, 돈을 주고, 나라에 대한 사랑도 주고, 어느새 저는 가난에서 자유로워졌네요. 회사에 대한 충성심으로 버텨볼 생각입니다!"

참으로 신기한 사람이었다. 불안하던 마음이 거뭇한 나무그림자 위로 펼쳐진 맑은 밤하늘처럼 명확해진다.

"내일 본사로 출근해줄 수 있나요? 작업반장님께 부탁드리겠습니다. 기획부 회의에 참석해주세요."

"저는 그럴 수 없어요. 많이 부족하지만, 여기서도 기획안을 낼 수 있는 걸요."

"설화 씨, 보안에 문제가 생겼습니다. 회사는 설화 씨의 주변을 살피는 시선이 필요합니다. 가난에 자유롭지 못한 사람들은 어떻게 돕죠? 그들을 방치할 생각입니까? 설화 씨는 자신이 부끄럽습니까?"

"이보세요, 저는 살아오면서 한 번도 부끄러운 적이 없었어요. 가난에 자유롭지 못한 사람들을 도와야 하기 때문에 본사로 출근하겠습니다."

백인성은 이설화를 끌어안고 '감사합니다.'를 연발하고 있었지만 담담히 말을 이으며 그녀를 보낸다.

"그럼 내일 본사 기획실에서 뵙겠습니다. 옷은 그냥 단정하기만 하면 됩니다. 캐주얼도 괜찮습니다."

서울행 지하철은 덜커덩거리며 간간이 반짝이는 불빛들 사이를 지나 꽃 그림자 길게 드리우던 공장의 정원으로 달린다. 이건 무슨 꽃의 향기일까? 어둠 속에서 정신을 아득하게 하던 정원의 향기가 공기 속으로 아련히 그를 따라붙는다.
'내일 뵙겠습니다. 설화 씨.'

〈넌 무엇과 동행할 생각이니?〉

멀리까지 출근하는 딸에게 설화의 어머니는 당부의 말씀을 잊지 않는다.
"항상 겸손해야 한다. 나서지 말거라. 꼭 필요한 말만 해야 해."
"네! 어머니, 주변에 밝음을 전파하는 사람, 이설화. 오늘도 나누고 오겠습니다. 헤헤. 걱정하지 마시고 식사 잘 챙겨 드세요. 다녀오겠습니다."
설화는 서울행 지하철에 앉아 건너편의 자신을 보며 옷매무새를 다듬는다. 설화의 얼굴 위로 남자의 얼굴이 겹쳐진다. 남자의 얼굴이 웃는다.

'참 단정하고 예의 바른 사람이야.'

회사는 찾기 쉬웠다. 늘어서 있는 자전거들이 보였다. 높이 솟은 빌딩을 올려다보며 눈을 찡긋하고는 회사로 들어섰다. 서울에 몇 번 와보기는 했지만 이렇게 높은 건물은 처음이었다.
'후아, 어지러워. 우리 가족이 이렇게나 많았구나. 이런 곳에서 계속 산다면 불행해지지 않을까?'
기획실 문을 들어서자 갓 내린 커피 향기가 났다.
"안녕하세요. 이설화입니다."

설화가 두리번거리며 인성을 찾을 틈도 없이 김정도 팀장이 말했다.

“자, 기본을 떠올립시다. 가족의 건강과 한식의 세계화, 또 다른 소비층은 어디 있을까? 설화 씨는 여기 앉으시면 됩니다.”

설화는 서둘러 자리에 앉았다. 직원들은 설화에게 인사를 하면서 중앙의 테이블로 모여들었다.

“밥 먹기 싫어하는 사람들이 너무 많죠.”

“그래서 떡국이나 볶음밥, 면류의 제품들이 있잖아.”

“물로 끓이지 않으면 안 될까?”

“나는 누누이 말하지만 커피랑 약만 먹고 싶다구.”

“과자로 끼니를 때우는 사람들도 많아요.”

“가족의 건강, 한식의 세계화.”

“라면도 한식인가요?”

“라면이 맛있다고 부셔 먹는 사람들이 많아서 과자로 나왔잖아.”

“끓여 먹는 스프 말고 뿌려 먹는 스프는 어때요?”

“뿌려 먹는 야채.”

“뿌려 먹는 영양소.”

“곡면류의 바삭한 질감과 고소함을 살리고.”

“끓여서 면으로 즐길 수 있는 멀티기능.”

“샐러드도 만들고, 국수도 만들고, 죽도 만들고, 과자로도 먹고, 밥 대신 먹고.”

“여자의 밥.”

“왜 여자야, 싱글의 밥.”

"에이, 그냥 설화의 밥 어때요? 이름이 한국 꽃 이름 같잖아요."
"「설화의 밥」 레스토랑을 만드는 건 어떨까? 다양한 요리방법을 메뉴로 선보이는 거지."
"자, 그럼 '설화의 밥'으로 기획안을 만듭시다. 영양소 스프, 면의 종류, 디자인, 멀티기능의 가능성에 대한 스터디에 들어갑시다. 설화 씨, 수고했습니다. 사장실로 올라가보세요. 기획부로 오시게 될 것 같아요."
설화는 능동적인 회의가 재밌어 시간이 가는 줄 몰랐다. 그 사람은 어느 부서일까를 생각하며 사장실의 문을 열었다.

"인사가 늦었습니다. 반갑습니다. 백인성입니다."

이설화는 어떤 표정을 지어야 할지 몰랐다.

'사장님이었구나, 이분이 변두리 공장 제조부 사원의 의견에 귀 기울이고 실행하고 믿음을 주고 직원들을 가족처럼 보살피고 나를 가난에서 자유롭게 해주신 분이시구나.'

인성은 멀뚱히 바라보고 서 있는 설화에게 다급히 말했다.
"속여서 죄송합니다. 사원들이 부담스러워할까 봐 그랬습니다. 회의는 어땠나요?"
"즐거웠어요."
"거기가 설화 씨 자리에요. 10년 동안 있었던 자리. 이제 그대로 가서 몸만 앉으면 돼요."

"그럼 계속 사장님과 함께 가난에서 자유롭지 못한 사람들을 도울 수 있는 건가요?"

"모든 사원이 함께합니다. 설화 씨, 설화 씨는 남들이 미처 보지 못하는 부분들을 보는 능력이 있어요. 그 부분을 전 높이 사고 있습니다. 참, 혹시 가고 싶은 나라는 없나요? 제가 선물로 휴가는 드릴 수 있습니다."

"감사합니다. 열심히 해보겠습니다."

설화는 동경해오던 사장님을 만나서 행복했고 더 가까이서 모실 수 있어 감사하다고 생각했다. 샌드위치를 먹으며 자신을 보던 단정한 남자는 조용히 마음의 보석함에 담는다.

'설화 씨, 함께할 수 있어서 행복합니다.'

엘리베이터 문이 닫힐 때까지 그녀를 배웅하며 최선을 다하는 그였다.
"뭐냐, 저 눈빛은? 나도 가고 싶은 나라 많아, 이 불안한 시국에 휴가는 무슨 휴가야. 누구야, 도대체. 저 안 땡기는 못난이 인형은."

"봄이야, 봄. 「설화의 밥」 레스토랑이라. 난 왜 이렇게 자꾸 돈이 쌓여가는 걸까? 또 피아노 기증할 곳 찾아봐야 해. 귀찮아, 정말. 백인성, 도서관은 갑자기 또 뭐냐, 집에 있는 책은 왜 자꾸 빼가는 거야. 나도 책 읽는 사람이라구."

갑자기 들이닥친 지현세와 이나준에게 머쓱해서 그는 말한다.

"친구들아, 직원이 가족은 가족이야. 그치?"

'짜식, 직원은 음악이다. 도둑놈아.'

〈너의 자리에서의 자유〉

오늘도 아침이 왔군요. 난 음악을 들어요.
세상은 돌고 또 돌고, 생은 참으로 길군요.
당신 옆의 그 사람이 웃네요. 당신도 웃는군요.
욕망이라는 무거운 짐을 들고 걸어가는 나는 누구일까요?
당신을 보면 내 짐은 가벼워집니다.
음악을 들으면 난 당신이 보입니다.
가볍다는 것은 자유롭다는 것.
당신 옆에서 내가 자유로운가 봅니다.
난 음악을 들어요. 내가 웃는군요.
당신은 이성이라는 고귀한 손입니다.

당신을 보면 내 짐은 가벼워집니다.

욕망이라는 무거운 짐을 들고 걸어가는 나는 당신입니다.

가볍다는 것은 자유롭다는 것.

당신 옆에서 나는 자유롭습니다.

- THE END -

적절한 배려

내가 눈꺼풀을 밀어 올려 네가 알고 있는, 너는 모르고 있으나 존재하고 있는 '없음'이라는 나와 '있음'이라는 나의 세계가 잠에서 깨어난다는 것은 있어야 할 것들이 있어야 할 곳을 찾으려는 자연스러움이다. 나는 물속에 있다. 물은 너의 무엇이다. 물은 멈추어 있는 듯 보이나 내가 눈을 깜박이는 순간에도 물은 변하고 있다. 나는 너의 모름이나 물의 나태함으로 인해 때로는 다시 눈을 감고 잠든다. 잠에서 깨어나면 나는 밝음을 좇는다. 나의 움직임은 너의 앎과 물이 살아 있음을 증명하고 물을 벗어나 있어야 할 것들이 있어야 할 곳에 있도록 한다. 내가 부유하는 세계는 밝음이다.

〈경찰 적절한〉

나는 천천히 눈을 뜬다. 또 같은 꿈이다. 어두운 깊은 물속에서 나는 숨을 쉬고 있었다. 뽀르륵 숨방울들이 수면의 빛다발이 있는 곳으로 간다. 내 시선은 숨방울들을 따라 수면으로 향한다. 그리고 나는 흰 물보라를 일으키며 쏟아져 내리는 폭포를 따라 하늘 위로 솟아올랐다.

나는 천천히 눈을 뜬다. 내 방이다. 작은 창으로 새어 들어온 가로등 불빛이 천장에 기하학적 추상화를 그려놓는다. 이불 밖으로 손을 빼어 물이 묻어 있지 않음을 확인한다. 상대적인 방 안의 정적이 낯설다. 모든 것은 제자리에 있다. 사법과 시민윤리, 경찰학 관련 서적들이 꽂혀 있는 책장과 경찰학교 졸업과 함께 산 책상, 의자, 내 신체보다는 조금 큰 경찰모와 제복도 그대로 벽에 걸려 있다.

새벽 5시 아침 운동을 나가기에는 아직 이르다. 목이 말랐다. 나는 침대에서 일어나 냉장고 문을 열어 생수병을 꺼낸다. 안동에서 보내온 반찬 냄새와 섞인 냉장고 냄새가 났다. 나보다 훨씬 몸집이 작은 또래들도 다 넘었던 철봉도 못 넘는 겁쟁이 약골 외동아들이 경찰학교에 가겠다고 했을 때 반대가 심하셨던 어머니는 아직도 반찬을 보내시면서 걱정을 쏟으신다.

나는 단지 상처받는 사람들을 구하고 싶었다. 그래서 경찰이 되었다.

상처는 적절하지 않을 때 생긴다. 그런데 그 상처라는 것이 법을 벗어날 때가 문제였다. 경찰력이란 것은 도대체 뭘까? 우리가 가진 힘은 법 안에서만 영향을 미칠 수 있을까? 보이지 않는 상처투성이인 사람들을 어떻게 도울 수 있을까? 세상은 잘 굴러가고 살기 편해진다. 경찰들이 할 일이 줄어드는데 경찰의 손이 닿지 않는 상처들이 늘어나고 있다. 왜 사람들은 할 수 있는 최선을 다하지 않는 거지? 나는 무엇을 할 수 있을까?

내가 마포에 처음 부임했을 때 부하들은 나를 괴짜 잔소리꾼이라고 투덜거렸지만 27살인 나보다 더 나이가 많은 부하직원들도 이제는 조금씩 나를 이해하고 따라오기 시작했다.

나는 '품위단속 경찰관'이라는 홈페이지를 만들었다. 관할 학교와 마을에 민주시민의 품위에 적절하지 않은 언어와 행위들을 신고해달라고 홍보했다. CCTV를 통해 쓰레기 무단투기, 횡단보도 무단횡단, 침 뱉기, 버스 줄서기, 애완견 배설 등 철저하게 질서선도를 하고 있다. 때론 과한 노출의 젊은이들이나 인사하지 않고 지나가는 동네 꼬마도 내 선도의 대상이다. '적절한'이라는 내 이름의 명찰이 있는 권위의 제복이 세상에 어긋나고 있는 곳들을 바로잡는 데 힘을 보탰으면 하는 것이다.

〈스님 연혜〉

녹청색의 호수 깊은 곳에 세상을 지키는 용이 살았다고 한다.

폭포는 눈부신 밝음의 비늘조각을 몸에 걸친 용의 형상을 하고 있다. 시간은 소나무가 되어 숲과 계곡에 정체를 드러낸다. 시간에 둘러싸인 폭포의 소리가 떨어짐으로 만들어지는 물의 파동과 함께 경건함으로 숙연해지는 공간을 만든다.

7살 연혜는 용추폭포 위 계곡의 바위에서 어제 배운 무술을 복습하고 있었다. 눈으로 한번 익힌 동작은 그대로 따라 할 수 있어서 빠르게 무술을 익혀갔다.

“하하하하.” “조심해, 뛰지 마.”

연혜는 동작을 멈췄다. 용추절에 놀러 온 아이들이 구름다리를 건너 계곡의 산길을 뛰어다니고 있었다. 연혜는 서둘러 계곡을 따라 아이들이 있는 곳으로 갔다.

“안녕, 같이 놀래?”

연혜는 활짝 웃으며 말했다.

“어, 까까중이네. 넌 왜 머리카락이 없니?”

머리카락이 풍성한 파마머리의 여자아이가 남자아이의 뒤로 숨으며 경계의 눈빛을 보낸다.

“까까중이 뭐야? 난 용의 호위무사야. 이 아래 폭포에 살던 용을 지키려고 태어났대. 폭포에 놀러 가지 않을래?”

연혜의 시선은 여자아이가 입은 레이스가 달린 핑크빛 치마에 가 있었다.

“이 땡중아, 세상에 용이 어딨니?”

“재 봐. 고무신 신고 있어. 거짓말쟁이야. 저리 가.”

여자아이가 연혜의 고무신을 손으로 가리킨다. 연혜는 아이들에게 다가가며 소리를 질렀다.

"용은 있어. 여기 아래 폭포에 살았었다구. 난 거짓말쟁이가 아니야.!"

"까까머리 땡중, 거짓말쟁이. 머리 빛나는 거 봐. 저리 가."

남자아이가 연혜의 어깨를 밀쳤다. 뒤로 넘어져 엉덩방아를 찐 연혜는 일어나 사납게 달려들었다. 일반인들에게 무술을 사용해서는 안 된다는 큰스님의 말씀은 생각나지 않는다. 여자아이가 데려온 어른들이 남자아이에게서 연혜를 떼어놓았다. 연혜는 분이 풀리지 않았지만 사람들을 벗어나 구름다리를 건넜다. 다리 건너편에는 어른들이 아이들을 걱정스러운 눈빛으로 바라보고 있었다.

슬픔에 휩싸인 연혜는 무표정한 얼굴로 돌아서 절로 달렸다. 마당을 쓸던 큰스님이 연혜의 터진 입술을 바라보며 묻는다.

"싸웠느냐."

"네, 스님."

"무엇과 싸웠느냐."

"……."

"내가 무엇과 싸워야 한다고 일렀느냐."

"지켜야 하는 것을 해롭게 하는 것과만 싸우라고 하셨습니다."

"너는 무엇을 지켜야 한다고 일렀느냐."

"이 땅을 지키는 용을 지켜야 한다고 하셨습니다. 근데 스님,

용이 무엇입니까?"

"나도 만난 적이 없는데 어찌 알겠느냐."

"그럼 스님은 무엇을 지키고 계십니까?"

"욘석아, 나는 너를 지키고 있지 않느냐."

큰스님이 연혜의 머리를 가볍게 쥐어박았다.

-10년 후-

"아얏, 왜 그러십니까, 큰스님."

"하라는 공부는 안 하고 또 인터넷 하고 있지 않느냐. 공부를 해야 이 땅을 지키는 용이 보인다고 이르지 않았느냐."

"큰스님, 저는 용을 지키는 사람으로 태어난 사람이라 머리가 나빠도 무술에 뛰어난 것이라 하시지 않았습니까. 저는 공부를 해도 용을 보는 혜안을 가질 수 없는 것 같습니다."

"그게 혜안이다. 욘석아, 이 사람이다. 찾아가 모시거라."

연혜의 모니터에는 '품위단속 경찰관' 홈페이지의 메인화면이 떠 있었다.

근무를 마친 절한은 '품위단속 경찰관'이 떠 있는 컴퓨터의 전원을 끄고 파출소 밖으로 나왔다. 밖에서 기다리고 있던 연혜는 쪼로록 달려가 두 손을 모으고 인사를 했다.

"성불하십시오. 품위단속 경찰관님 맞으시죠? 소승은 용추절의 연혜라고 합니다."

"성불하십시오. 제가 품위단속 경찰관이라는 사이트를 만든 사람은 맞습니다. 스님. 실례지만 무슨 일이십니까?"

절한은 연혜의 깊은 눈을 응시하고 친절하게 물었다.

"어디 가서 긴히 여쭐 말이 있습니다. 시간 좀 내주시겠습니까?"

"저녁 식사하셨습니까? 뭘 좋아하십니까?"

"저는 절밥만 먹어와서……. 아! 팥빙수라는 것을 먹어보고 싶습니다."

절한은 고등학생 정도로밖에 안 보이는 스님이 발랄하게 말하는 것에 기분이 좋아졌다. 그리고 스님에게는 저녁 식사로 뭐가 좋을지 생각했다.

"그럼 저기 바로 보이는 집에서 콩나물국밥을 드시고 후식으로 팥빙수를 드시는 게 좋겠습니다."

절한은 연혜를 국밥집으로 안내하고 콩나물국밥 2인분을 주문했다. 7월 여름이라 해가 길었다. 에어컨 없는 국밥집에는 목을 길게 뺀 선풍기가 돌아가고 있었고 나무로 된 테이블은 낡고 허름했다.

"이 집 콩나물국밥이 맛있습니다. 스님, 하실 말씀이 무엇입니까?"

"불자님은 왜 품위단속 경찰관이 되셨습니까?"

"저는 법이 미치지 않는 곳에서 상처받고 있는 사람들도 경찰이 구해야 한다고 생각하는 사람입니다. 사람들이 간과하고 있는 것들을 챙겨주고 싶을 뿐이에요."

"불자님의 눈에는 그런 것들이 보이십니까? 저는 그냥 빨리 콩나물국밥이 먹고 싶습니다. 큰스님께서 불자님이 세상을 지키는 용이니 가서 지키라고 하셨습니다. 소승이 태어난 이유가 용을 지키기 위해서라고 합니다. 그러니 제가 불자님을 지켜드리겠습니다."

절한은 용이라는 말에 웃음이 나왔지만 어렸을 적부터 계속 꾸어온 꿈 때문에 조금은 의아한 기분이 들었다.

"스님, 저는 경찰이라 제 몸은 제가 지킬 수 있습니다. 그리고 제가 용이라니요. 세상을 지키는 것이 용이라면 제가 용을 찾아드리겠습니다. 저보다 훌륭한 사람들이 많습니다."

"그렇습니까? 그렇게 많습니까? 저는 아무리 공부를 해도 모르겠습니다. 그럼 불자님이 알려주시겠습니까?"

아이들을 선도하는 것이 좋은 절한은 진지하게 묻는 연혜 스님을 따뜻하게 바라보았다. 연혜 스님은 갓 나온 콩나물국밥을 앞에 두고 쭈뼛거렸다.

"스님, 어서 드십시오."

"그럼 소승 공양받겠사옵니다. 불자님도 어서 드십시오. 근데 불자님, 불자님은 왜 불자님이 용이 아니라고 생각하십니까? 상처받고 있는 사람들을 구하는 것은 세상을 구하는 일이 맞는 것 같습니다. 그래서 불자님을 지켜드려야 하는구나 싶은데요."

"하하하. 들어보십시오. 딱 스님 나이 또래 남자아이입니다."

또래가 그리운 연혜의 눈빛이 좀 더 생기를 띠었다.

"며칠 전 품위단속 경찰관에 올라온 투고 중에 같은 반 아이들의 품위를 단속해달라는 투고가 있었습니다."

"이유가 무엇이옵니까?"

"아이들 대부분이 선생님을 무시하고 비웃거나 무례해서 도저히 지켜보고 있을 수 없었다고 합니다. 선생님께 너무 죄송스럽고 민망하니 아이들이 망가져가고 있는 것을 막아달라는 것이었습니다."

"힉! 스승님을 어떻게 무시하고 비웃습니까? 스승에 대한 예의를 모르는 것 아닙니까? 그래서 어떻게 하셨습니까?"

연혜는 눈을 동그랗게 뜨고 물었다.

"저는 그냥 단지 학교에 아이들의 상처에 대해서 알려드렸을 뿐입니다. 그랬더니 학교에서는 예의범절이나 공자의 제자들의 마음가짐들을 가르쳤다고 합니다. 그 아이가 친구들에게 스승과 배움에 대한 존경을 선물한 용입니다."

"오호라 스승과 배움에 대한 존경이 세상을 구하는 일이란 거죠. 또 있습니까?"

"소비자에게 미치는 영향들에 대한 고찰이 없는 이기심을 고

발해서 자유라는 덫에 빠진 사람들을 각성시키는 사람들이 있습니다. 폭력 게임회사를 신고한 부모, 불륜 방영 TV 방송국을 신고한 남편, 잔인한 영화제작사를 신고한 여성 등이 있답니다.”

“미디어를 각성시켜 세상을 구하고 있는 용들이네요.”

“이런 건 어떻습니까? 도시의 미관을 고려해 이쁜 디자인의 자전거로 출퇴근을 하는 디자이너가 있습니다. 이 사람도 세상을 구하고 있는 용이 아닐까요?”

“이렇게 용이 많으면 전 누굴 지켜야 하죠?”

“스님, 용은 특정인이 아니라 타인에 대한, 이 땅에 대한 적절한 배려인 것 같습니다. 적절한 배려가 세상을 구하는 용입니다.”

“소승, 불자님을 만나 큰 깨달음을 얻었습니다. 저는 절로 돌아가 더 많은 용을 지킬 수 있는 방법을 강구해보도록 하겠습니다.”

“대한민국의 용이 지구의 용입니다, 스님.”

〈적절한 배려〉

타인을 향한 적절한 배려

서서히 퍼지는 전염병 같은 거

나에서 시작해 세계로 끝나는

희망 같은 거

상처 없는 세상을 꿈꾸는 작은 염원

꺼지지 않는 불꽃

잊지 말아야 할 너에 대한 사랑

적절한 배려…….

- THE END -

파트타이머

〈지문〉

고양이 발바닥 모양이다. 큰 키의 상민이 얼굴에 장난기 가득한 미소를 머금고 유리창에 지문을 찍어대고 있다.

〈지문 닦기〉

같은 날 아침 성숙한 외모의 선주가 낑낑대며 유리창에 찍힌 고양이 발바닥 지문을 닦고 있다. 인적 없는 명동거리가 내려다 보였다. 선주는 파트타이머다. 명동거리 한복판에 있는 도넛 가게에서 아침조로 일한 지 얼마 되지 않았다. 아침엔 비교적 한가해서 유리창 청소를 하고 있다. 나이 서른, 이 나이에 아르바이트라니……. 마땅한 직장을 구하지 못해 아르바이트로 연명해가고 있다. 그래도 대충하지 못하는 성격에 꼼꼼히 닦고 나니 개운

한지 창으로 들이치는 아침 햇살에 허리를 펴고 활짝 웃는다.

청소도구를 챙겨 들고 서둘러 아래층으로 내려간다. 아래층에는 매니저 상민이 있었다. 멀리서 보니 정말 키가 크다. 배우처럼 인물이 잘났다. 선주는 두근거린다. 1살 어린 상민이 불편할까 봐 항상 신경이 쓰였다.

"매니저님 다 닦았어요."

"대충한 거 아니죠? 확인 안 해봐도 돼요?"

"네." 선주가 살며시 웃는다.

"그럼 이제 도넛 채우세요."

〈지각〉

도넛 너머로 작은 키의 덕호가 유니폼을 갈아입고 헐레벌떡 뛰어오는 것이 보였다. 또 지각이다.

"늦어서 죄송합니다. 차가 막혀서……."

"또 늦었어. 뮤지컬지망생, 아마 공연할 때는 안 늦겠지? 그렇게 대충대충 할 거면 때려쳐. 다른 사람한테 피해주잖아. 선주씨 아침 일찍부터 나와서 청소하고 도넛 채우고 일 다 했어."

"에이, 누나 미안해요."

"몇 분 일찍 나와 여유 있게. 시간 딱 맞추려 말고."

상민이 단단히 잔소리를 하려는데 손님이 들어왔다.

〈사랑, 꿈〉

21살 대학생 예진의 눈이 상민을 쫓는다. 뭐가 좋은지 연신 싱글벙글이다. 동갑내기 가연은 도저히 이해를 할 수 없다.

"어이, 정신 차려. 뭐가 좋은 거야, 도대체."

"다 좋아, 넌 어떻게 저 인물을 보고 안 흔들릴 수가 있니? 내 기쁨이야."

"돈이 없잖아. 난 돈 많은 남자가 좋아."

"으이그, 속물."

"속물은 무슨, 현모양처가 되는 게 내 꿈이야."

예진은 야무진 표정을 짓는 가연을 돌아서 상민에게 달려간다.

"매니저님, 매니저님은 어떤 여자가 좋으세요? 이상형 있어요?"

"나? 난 성숙한 여자가 좋더라."

상민은 슬쩍 선주를 바라보았다.

〈스케줄〉

마감조가 오면 간신히 선주와 상민은 점심을 먹는다. 점심엔 도넛 하나와 커피를 무료로 먹을 수가 있어서 선주는 따로 점심을 사 먹지 않았다. 유니폼을 갈아입는 락커 쪽에 작은 테이블과 의자를 두고 휴게실로 쓰고 있었다. 선주는 도넛과 커피를 먹고 책을 집어 들었다. 잠깐의 여유가 평온하다. 상민은 일부러 휴게실을 피해 명동거리에 서서 이어폰을 끼고 음악을 듣는다.

"나 아침조 한다고 할까?"

예진이 불쑥 말했다.

"아침에 청소해야 돼. 너 일어나지도 못하잖아. 그리고 상민 매니저가 허락 안 할걸?"

〈최저 시급〉

"매니저님 급여명세서 좀 주세요."

동그란 얼굴을 들이밀고 보라가 상민을 재촉한다.

"언니, 우리 최저 시급이죠? 4대 보험 떼고 나면 남는 것도 없어요. 정말."

"최저 시급이 올라야 할 텐데. 먹고살기 힘들다."

"최저 시급 싫으면 그렇게 아르바이트하고 있지 말고 매니저 시험 봐. 취업하면 되잖아. 열심히 해서."

"저도 언젠간 재수 생활 청산하고 대학 가서 취업할 거예요."

나이가 많은 선주는 할 말이 없다.

〈손님〉

한 손님이 문을 열고 몇 개의 테이블이 놓인 홀을 지나 도넛 판매대 앞에 선다. 다양한 맛과 모양의 도넛들 중 하나를 고르고 계산대로 간다. 음료를 함께 주문하고 카드결제를 한다.

선주는 손님이 고른 도넛을 쟁반에 담아 들고 계산대에 선 상민 곁으로 가서 선다.

함께 서 있는 모습을 유심히 지켜본 여자가 말한다.

"두 분 잘 어울리시네요."

상민과 선주는 그냥 싱긋 웃는다.

〈파트타이머〉

뚜렷한 목적 없이
이리저리 겉도는
꿈을 좇아 잠시 머무는
생계 속에 휘둘리는
갈 곳 없어 정착하는
우리, 우리들도 사랑이 있어.
어느새 시대의 흐름이 되어버렸네.
파트타이머, 우린 그렇게 부르지.

- THE END -

주말에
바다 보러
가지 않을래요?

〈현우의 일상-낮〉

“끼잉, 탁.”

새벽의 텅 빈 주차장에 베이지색 모닝 한 대가 들어왔다. 문이 열리고 큰 키에 마른 몸의 청색 재킷을 걸친 현우가 버스로 다가왔다. 청소를 하는 도우미 아주머니를 발견하고 싹싹하게 인사를 건넨다.

“좋은 아침입니다. 아침 식사는 하셨어요?”

“그래, 좋은 아침. 오늘 상비는 안 가도 된다.”

도우미 아주머니가 자리에 앉고 버스 시동을 켠 현우가 흰색 운동화를 신고 액셀을 밟았다. 새벽 안개가 낮게 깔려 있었다. 곧, 첫 번째 목적지인 산삼에 도착했고 기다리던 아이들을 태웠다.

“화영이 안녕, 아린이 안녕.”

아이들과 인사를 나누고 도우미 아주머니가 안전벨트를 메는 걸 도와줄 때까지 기다렸다가 천천히 출발한다. 길가에 아카시아 꽃이 만발했다. 다른 마을을 들렀다 아이들을 태우고 학교로 돌아왔다.

〈-밤〉

산등성이 너머로 노을이 지고 있었다. 낮은 담 사이 파란색 BMW와 베이지색 모닝이 놓여 있다. 문틈으로 빌 에반스의 재즈 선율이 흘러나왔다. 주방에서는 현우가 크림소스 파스타를 만들고 무통 까데 한 병을 땄다.

그림은 와인이다. 매일 밤 현우는 미지의 색채 속을 탐험한다.

〈지혜의 일상〉

데이지 꽃이 핀 붉은색 벽돌집이 햇살에 반짝였다. 꽃무늬 침대보를 걷어차고 지혜가 잠에서 깼다. '타닥타닥' 엄마가 주방에서 식사준비를 하고 있다. 지혜가 고흐 그림을 한참 바라보다 방에서 나와 식탁 위에 앉았다. 차려진 콩나물국을 한 그릇 비우고 아빠가 다 본 신문을 본 뒤 커피를 마신다. 소박한 거실에 앉아 마시는 커피가 꽃의 정원처럼 향기롭다. 삐걱거리는 나무계단을 올라 방문을 열었다. 옷장에서 베이지색 플리츠 원피스를 꺼내 입고 검은색 가방을 손에 들었다. 단화를 신고 귀엽게 묶은 머리를 찰랑이며 길을 나선다. 하늘이 참으로 파랬다.

북적이는 유치원 교실에서 지혜가 수업 준비를 한다.

"오늘은 사람 색칠공부를 할 거예요."

"선생님, 얼굴을 빨간색으로 칠해도 되나요?"

"더운 사람은 얼굴이 빨개질 수 있어요. 사과 같겠네."

지혜에게는 모든 아이들이 소중했다.

〈끌림-지혜의 시선〉

"짝짝, 선생님 안녕히 계세요."

아이들을 모두 보내고 버스로 하교하는 아이들을 데리고 운동장으로 나왔다. 멀리 벤치에 앉아 있는 남자가 눈에 띄었다. 남자가 계속 이쪽을 쳐다본다.

'뭘 그리고 있는 걸까?'

〈-현우의 시선〉

뭉게구름이 몽실대는 늦은 오후 벤치에 앉아 그림을 그린다. 멀리 여자와 아이들이 피사체가 되었다.

여자의 원피스와 단화가 소박하고 귀엽다.

아이들을 데려다주고 가는 여자의 선한 눈매가 자꾸만 아른거린다.

〈소이〉

일을 끝낸 소이가 빨간색 스포츠카를 타고 한남동 현우네 집으로 향했다. 오늘은 특별히 소다색 정장을 차려입고 어머님께 드릴 꽃과 케이크를 샀다. 현우 어머님의 저녁 초대를 받았기 때문이다. 높은 담장들 사이 구불구불한 골목길 끝에 현우네 집이 보였다. 벨이 울리고 덜커덩 철문이 열렸다. 잘 정돈된 정원들 사이를 걸어 안으로 들어갔다.

"어머님, 아버님 안녕하세요. 이건 선물이에요."

"소이 왔니? 어서 저녁 먹자."

현우네 가족들과 잘 차려진 식탁에 둘러앉아 말없이 식사를 한다. 현우의 빈자리가 느껴져 식사자리가 영 불편하다.

그가 보고 싶어진다.

〈소이의 시골 방문〉

평일의 한적한 고속도로 위를 소이의 빨간색 스포츠카 페라리가 질주한다.

소이는 현우가 빨리 보고 싶었다.

현우네 집 마당 BMW 옆에 주차를 하고 현우를 기다린다. 베이지색 모닝이 들어왔다. 짙게 땅거미가 지고 현우의 그림자가 길게 드리운다.

"어쩐 일이야."

"서울로 안 갈 거야?"

소이를 보자 지혜의 소박하고 선한 눈매가 떠올랐다.

"다신 찾아오지 마."

현우는 화려한 소이에게 냉정했다.

〈현우의 자각〉

다음날 소이는 현우가 일하는 버스로 찾아왔다.

현우는 소이가 귀찮았다.

"현우야, 보고 싶었어."

그때, 유치원 아이들을 데리고 지혜가 왔다. 현우는 지혜가 신경 쓰였다.

'내가 저 여자를 좋아하나?'

"난 서울로 안 갈 거야. 여기 생활이 좋아."

소이의 떠나가는 스포츠카 위로 지혜의 얼굴이 겹쳐진다.

〈데이트 신청〉

현우는 지혜의 모습이 자꾸만 생각났다. 소박하고 귀여운 플리츠 원피스와 단화, 선한 눈매와 묶은 머리, 상큼하고 은은한 과일 향…….

며칠을 밤새 고민했다. 어떻게 데이트 신청을 할까?

"주말에 바다 보러 가지 않을래요?"

지혜는 현우의 데이트 신청에 가슴이 뛰었다.

〈바닷가 데이트〉

주말 아침, 지혜가 오렌지색 띠를 두른 검은색 리본 프릴 원피스에 연겨자색 토트백을 들고 연겨자색 단화를 신고 현우를 기다린다. 아침 봄 날씨가 쌀쌀해 몸을 웅크려본다. 세련된 파란색 BMW가 지혜 앞으로 부드럽게 미끄러졌다. 차 문이 열리고 단정하고 감각적인 검은색 가죽 재킷을 걸친 현우가 차에서 내렸다. 에스코트하는 현우의 비누 향에 기분이 좋아진다. 현우는 지혜에게 무릎 담요를 챙겨주고 어쿠스틱 팝송을 틀었다.

강릉 바닷가 파도가 눈부시게 부서졌다.

"점심은 뭐가 좋아요?"

해변가를 산책하던 현우가 묻는다.

"카페 가고 싶어요."

"카페가 좋아요? 나도 카페가 좋은데, 그럼 카페로 가요."

둘은 카페 「크림브리즈」에 앉았다.

"뭐 먹고 싶어요?"

"커피빵에 아메리카노 먹을래요."

현우는 커피빵과 아메리카노 2인분과 지혜를 위한 샐러드를 더 주문했다.

"내가 어떤 사람으로 보여요?"

"예의 바르고 자상하기도 하고 감각적인 사람으로 보여요."

"내 이름은 이현우예요. 당신 이름은 뭔가요?"

"제 이름은 김지혜예요."

주문한 커피빵과 아메리카노가 샐러드와 함께 나왔다.

현우가 음식을 가지러 간 사이 지혜는 거울을 꺼내 화장을 고쳤다.

"저 그림 그려요. 혹시 고흐 좋아하세요?"

"나도 고흐 좋아하는데, 담에 그림 그린 거 보여주세요."

점심을 먹은 둘은 집으로 향했다.

지혜의 집 돌담 위로 초승달과 별이 반짝이고 있었다.

가로등 불빛이 은은했다.

현우는 지혜의 머리를 쓰다듬고 살포시 이마에 키스를 했다. 둘은 오래 만난 연인처럼 편안했다.

"우리 오늘부터 사귀는 거예요."

- THE END -

꽃을 심는 도시 정원사

〈허가〉

창가에 들이치는 햇살에 지수의 긴 생머리가 반짝인다. 흰 블라우스에 검은색 바지 정장을 입고 뭐가 바쁜지 키보드를 만지작거린다. 아무것도 없는 삭막한 책상 위에 서류 더미만 잔뜩 쌓여 있다. 플로랄 계열의 향수 향기가 사무실에 가득하다.

건너편엔 짧은 머리에 올리브색 가디건을 입은 윤호가 자판기 커피를 마시기 위해 슬리퍼를 단화로 갈아신고 일어선다. 그의 큰 키가 눈에 띄었다.

구두를 또각거리며 지수가 회의실로 들어선다. 회의실에는 건축설계사무소 '유니크'의 땅딸막한 사내가 미리 와 있다. 사내가 가져온 건축물은 삭막하기 그지없었다. 지수는 고민도 없이 허가를 해주었다.

'그녀는 왜 저런 건물을 허가해주는 걸까?'

윤호는 지수가 안쓰러웠다.

퇴근길, 구청을 빠져나온 윤호는 보도를 따라 걸었다.

아무것도 디자인되지 않은 박스들이 일렬로 나열되어 있었다. 보도에 꽃이라곤 한 송이 찾아볼 수 없었다.

삭막해져 가는 도시가 슬펐다.

〈짝사랑〉

사무실에 그녀의 짙은 커피 향이 향수 사이로 그를 감싼다. 그녀가 정원에서 따온 팬지꽃을 책 사이에 보관한다.

팬지꽃을 사랑하는 그녀가 사랑스럽다.

또각거리는 구두 소리가 자꾸만 아른거린다.

삭막한 도시는 그녀와 어울리지 않는다.

그는 그녀를 위해 꽃을 심기로 했다.

〈도시 정원사〉

윤호는 구청 건축과를 퇴사하고 법인 '쉼'을 만들었다. '쉼'은 도시에 꽃을 심고 가꾸는 도시 정원사를 둔 회사이다.

그의 큰 손이 팬지꽃을 심고는 좋아할 그녀를 떠올리며 부드러운 미소를 짓는다.

도시가 변해갔다.

꽃 한 송이가 도시 전체를 바꾸기 시작했다.

지수가 가는 길목마다 팬지꽃이 피었다. 그녀는 아름다워져 가는 도시가 좋았다.

"다시 해오세요. 입면 디자인이 더 필요한 것 같아요."

이제 그녀는 대충대충 허가하지 않는다.

지수의 퇴근길, 팬지꽃을 심는 사람이 눈에 띄었다. 선한 눈빛의 키 큰 윤호였다.

〈꽃을 심는 도시 정원사〉

난 꽃을 심어요.

그녀를 대신해

난 꽃을 심어요.

그녀가 좋아서

난 꽃을 심어요.

삭막해져 가는 도시가 슬퍼서.

우리 사랑이 이뤄질까요?

- THE END -

소설가들

〈H-poter〉

보라색 간판, 뚫린 천창 사이로 조명이 반짝인다. 입구로 들어서면 왼쪽 편에 큰 화분이 있고 연회색 테라로사 바닥과 연회색 천장, 보라색과 검은색 벽이 지적이다. 입구 옆 천창 앞엔 모던한 스탠드를 놓아 도서관 같이 만들었다. 검은색 테이블과 나무색 의자가 일렬로 놓여진 카페 중앙을 지나면 친근한 나무색 선반과 싱크대가 보인다. 검은색 에소프레소 머신 위에 연두색 잔이 겹겹이 놓여 있다. 그라인더에 갓 갈려진 원두 향이 향기롭다. 보라색 앞치마를 입은 바리스타가 커피를 내리고 있다. 보라색 벽에 작은 창문들이 있고 사이사이 칸딘스키의 그림이 걸려있다. 창문 너머 공간엔 직원들의 소설이 디스플레이에 전시되어 독자들을 기다리고 있다. 선반 옆, 책장 뒤 테이블에서 한 여자가 흰색 노트북을 열었다.

●H-poter

H는 heart의 약자로 H-poter란 사람들의 심장을 빚는 도예가를 뜻하며 고객의 심장을 뛰게 하는 소설을 쓰겠다는 '장인정신'의 다짐을 표현한 저희의 약속입니다. H-poter는 얕은 즐거움을 뛰어넘어 정신적인 공명을 이끌어내는 소설을 끊임없이 창조해 나갈 것입니다.

「H-poter」는 author's house cafe로 현실에 기반을 둔 소설가들의 삶의 터전으로써 작품 활동을 위한 자금 확보와 기초생활 보장을 위한 기술 교육을 목표로 커피, 차 등의 음료를 제조 판매하는 cafe입니다.

●사칙

-작품 판매 시 50% 본인 이익

-퇴사 시 작품 본인 소유

-작품 활동 없을 시 퇴사

-3시간씩 교대 근무(9시간 수당 지급)

-장기 휴직 가능(대타 구했을 시)

-직원이 브랜드라는 생각으로 몸 단정히

〈H-poter 사람들-김유정 30세〉

노트북을 덮으며 유정이 자리에서 일어났다. 긴 생머리에 손수건, 긴 치마에 블라우스가 지적으로 보인다. 땅거미가 내려앉는 저녁 마감을 직원에게 맡기고 「H-poter」를 나선다. 이제 온전히 그녀의 소설 세계로 들어가야 할 시간이다.

'그녀는 나지만 나는 그녀가 아니다.'

유정은 주인공과 떨어져서 글을 써야 한다고 배웠다. 시대의 이데올로기를 고민하고 주제를 정한 후, 캐릭터 설정을 하고, 구조를 짠다. 깔끔한 성격이라 지저분하게 덧붙이는 걸 싫어한다.

깊은 밤, 그녀의 오피스텔 창 너머로 보름달이 떠올랐다.

〈-이영호 28세〉

같은 시간, 영호의 옥탑방에도 보름달이 떠 있다.

냉동실에 잠깐 넣어둔 '카스' 캔 맥주를 꺼내 방바닥의 책상 위로 가져온다. 안주는 오늘도 김 쪼가리다. 그는 단발머리에 사과머리를 하고 핑크색 티셔츠와 회색의 헐렁한 체육복을 입고 대충 먹고 사는지 마른 몸을 하고 있다. 건축과를 졸업하고 소설을 쓴지 1년이 지났다.

'소설이 건축과 닮았다.'

그는 소설 속에 공간을 구축한다. 카스 캔이 나뒹구는 작은 책상 위에서 소설이 또 하나 탄생한다.

〈-박주선 25세〉

주선이 체크 셔츠에 단발펌을 하고 이층집을 나선다.

단화의 또각거리는 소리에 출근길이 즐겁다. 그녀는 걸어가면서도 소설을 생각한다.

일을 하면서 소설을 쓰는 게 재밌다.

〈-최아리 25세〉

다닥다닥 붙은 원룸촌 사이에 아리의 방이 있다. 긴 생머리에 귀여운 캐릭터가 그려진 티셔츠와 사투리가 언발란스하다. 생계를 해결하면서 소설을 쓸 수 있는 「H-poter」가 좋다.

언젠가 《어린 왕자》 같은 글을 쓰는 게 아리의 목표다.

〈소설가들의 꿈〉

「H-poter」 직원들은 낮에는 3시간 바리스타로 카페 일을 하고 남는 시간 소설을 써 디스플레이에 전시한 후 독자들과 업자들을 기다린다. 직원들은 자신을 하나의 브랜드라고 교육받는다.

유정은 책장 뒤 한구석에서 출판사 홈페이지에 「H-poter」 홍보를 하느라 바쁘다.

늦은 오후, 손님이 뜸할 때쯤 출판사 '문학동네'의 직원이 전시된 소설을 읽고 유정을 찾는다.

〈영호의 짝사랑〉

햇살이 눈부신 아침, 디스플레이에 소설을 전시하러 유정이 왔다. 긴 생머리를 곱게 묶은 손수건이 지적이다. 그녀가 스쳐 지나갈 때마다 가슴이 쿵쾅거린다.

"제 소설 한번 봐주실래요?"

영호는 유정에게 적극적이다. 그가 업무를 시작한 유정에게 그녀가 좋아하는 바닐라라떼를 만들어준다. 그리고 바에 돌아와 그녀가 좋아하는 어쿠스틱을 튼다.

〈유정과 서점 사장의 사랑〉

"에스프레소 한 잔 주세요."

점심시간, 정장을 입은 키 큰 신사가 또 찾아왔다. 그에게서는 바닐라 향이 났다.

커피를 다 마신 그는 디스플레이에 전시된 유정의 소설 앞에

어김없이 서 있다. 유정은 그에게 다가가 물었다.

"누구신가요?"

"출판사 '문학동네'의 장선우라고 합니다."

"제 소설이 좋으세요?"

"당신 소설에서 백합 향이 납니다."

〈H-POTER〉

뚜벅뚜벅 오늘도 걷는다.
낮에는 커피를 내렸어.
기다리는 손님처럼.
내 소설이 너를 기다려.
오늘 밤엔 달을 쓸까, 별을 쓸까.
내 소설이 너를 기다려.
삶과 함께하는 사람들.
그들의 소설이 너를 기다리고 있어.

- THE END -

너와 나의 주파수

〈폐허가 된 지구〉

2050년 6월 여름 여의도역

지하철 역사 안 열차가 색이 벗겨진 채 멈추어 서 있다. 어둠 속에서 물구나무를 선 남자가 나온다. 벤치에는 뼈만 앙상하게 남은 시체가 나뒹굴었다.

남자는 계단을 올라 역사를 벗어났다. 길게 자란 잡초가 길거리를 덮고 있었다. 도로 여기저기 자동차가 흩어져 있었다. 물구나무선 남자 아래로 고양이가 한 마리 지나쳐간다. 이때, 남자가 빌딩 속에 숨어 있던 한 여자를 발견하고 두 팔로 달려간다. 물구나무섰던 남자가 쓰러지고 여자가 두 팔로 물구나무를 선다. 쓰러진 남자는 뼈만 앙상하게 남고 여자는 유유히 풀숲을 걸어간다.

<지하 벙커>

여의도 공원 아래 깊은 지하, 굳게 잠긴 단단한 철문 안 넓은 내부 공간이 나온다. 낮에도 형광등이 깜박인다. 중앙에는 정부 사람들이 위성으로 밖을 관찰하고 있고 단발 파마머리에 흰색 가운을 입은 뇌과학자 여의사가 외계인들을 모니터링 중이다.

한쪽에서 살아남은 사람들을 위해 DJ 중인 김민규는 38세이다. 정복당하기 전 앨범을 7개 냈고 DJ를 병행했었다. 그는 큰 키에 흰색 티셔츠와 청바지를 입고 단정한 머리를 하고 있다.

좁은 복도를 따라가면 주방이 딸린 식당이 나온다. 짱딸막한 45세의 국회의원 장하철이 식사를 하고 있다. 바깥세상에서 지하로 내려올 때 들고 온 와인셀러에서 와인을 한 병 꺼내 시음 중이다. 와인 잔을 기울여 빛깔을 본 후 향을 맡고 한 모금 머금어 가글을 한다. 외계인이 세상을 지배한 이때에도 와인에 대한 열정이 시들지 않는다.

구석의 소파 한쪽에 커트머리에 노란색으로 염색을 한 18세 고등학생 신주희가 교복을 입고 앉아 있다. 그녀는 바깥세상에 관심 없는 듯 이어폰을 끼고 '유키 구라모토'의 음악만 듣는다.

내부 공간이 잘 보이는 턱 위에 검은색 니트에 검은색 바지를 입고 긴 머리를 묶은 영화감독 35세 박준서가 시나리오를 쓰기 위해 사람들을 관찰하고 있다.

뇌과학자 여의사 36세 이지수가 식사를 하기 위해 흰 가운을 벗고 일어섰다. 녹색의 V넥 티에 베이지색 면바지를 입고 검은색 구두를 신었다. 구두의 또각대는 소리가 벙커에 울려 퍼졌다.

점심인지 저녁인지 모르겠다. 지하에 들어온 이후 낮과 밤이 불분명해졌다. 샌드위치와 커피로 식사를 대충 때우면서 김민규의 라디오를 듣는다. 외계인이 지배한 세상에서 라디오는 그녀의 유일한 쉼이다. 그의 목소리가 솜사탕처럼 감미롭다.

〈데시벨〉

외계인이 뇌를 지배하면 사람은 두 팔로 물구나무서기를 한다. 어느 정도 시간이 지나면 외계인은 그 사람을 버리고 다른 사람에게로 이동한다. 이것이 지수가 관찰한 결과다.

'뇌의 지배를 막을 방법이 없을까?'

어느 날, 지수가 두 팔로 걸어가는 사람을 관찰하고 있었다. CD가게에 들어간 그 사람이 김민규의 앨범을 틀었다. 김민규의 목소리를 듣자 외계인이 몸에서 빠져나왔다. 두 팔로 걷던 사람이 똑바로 걷고 있었다.

지수는 기쁨의 환호성을 외쳤다.

"「김민규」의 노래 〈데시벨〉이에요! 외계인이 달아난다구요!"

사람들이 모여들었다.

"민규 씨, 노래를 녹음해주세요."

"제게 시나리오를 녹음하는 카세트 플레이어가 있어요."

영화감독인 박준서가 말했다.

"시청에 방송 장비가 있을 겁니다. 근데 누가 나가죠?"

국회의원인 장하철이 말했다. 고등학생 신주희는 이 북새통에도 심드렁했다. 사람들은 외계인과의 전쟁에서 승리한다는 기쁨에 들떴지만 밖으로 나가는 게 무서웠다. 그때, 김민규가 나섰다.

"제가 시청으로 가서 방송을 하겠어요."

지수가 말한다.

"저도 도울게요."

〈전쟁〉

민규와 지수는 지상으로 가는 엘리베이터에 탑승했다. 둘은 긴장한 기색이 역력했다. 벙커의 철문이 열리고 햇볕이 쏟아진다. 지상으로 나와 카세트 플레이어를 틀고 주변을 살핀다. 두 팔로 달려들던 외계인이 노랫소리에 달아난다. 세워져 있던 파란색 트럭에 시동을 켜고 민규가 운전을 한다. 지수는 카세트 플레이어를 창밖으로 내놓고 옆자리에 앉았다. 뇌를 지배한 외계인들이 달려들었다. 도로엔 잡초가 키만큼 자라나 앞으로 나가기 힘들었다.

〈살아남은 지구〉

시청에 도착한 민규와 지수는 방송실에서 민규의 노랫소리를 틀었다. 노랫소리는 도시의 축음기를 타고 울려 퍼졌다. 외계인들이 비행물체를 타고 지구를 떠난다. 살아남은 사람들이 지하 벙커에서 쏟아져 나왔다. 그리고 서로 얼싸안았다.

살굿빛으로 물드는 저녁노을 아래 민규와 지수도 살며시 포옹을 한다.

'폐허 속에도 희망은 분명 존재한다.'

- THE END -

엄마의 나비넥타이

〈엄마의 유품〉

어두운 방문을 열고 보라색 커튼을 열어젖히자 빛이 쏟아졌다. 엄마의 취향이 느껴지는 빈티지한 화장대와 침대가 덩그러니 놓여 있다.

긴 머리를 곱게 묶은 유이가 때 하나 묻지 않은 흰색 침대보 위에 상자 하나를 들고 앉았다. 상자를 열자 오래된 사진들과 소믈리에 뺏지, 노트 그리고 낡은 나비넥타이 하나가 나왔다. 유이는 나비넥타이를 만지작거리다 노트를 열었다. 와인 시음 노트였다. 일주일 후, 그녀는 엄마가 아빠를 처음 만났을 때 마신 와인을 따라 프랑스로 가는 비행기에 탑승했다.

-과거로의 회상-

〈첫 만남〉

빼걱거리는 나무 바닥을 따라가면 한쪽 벽면에는 와인 병이 책처럼 진열되어 있고, 앞쪽 테이블에는 시음 와인과 치즈가 놓여져 있다.

친구와인 직원들 사이 H대 소믈리에 학과 휴학생 송윤채가 커트머리를 하고 앉아 있다. 건너편에는 하나백화점에서 근무하는 다부진 체격의 권이서가 단정한 머리에 단정한 셔츠를 하고 앉아 있다.

"난 27살인데 몇 살이니?"

권이서가 물었다.

"23살이에요. 선배라고 불러도 되나요?"

송윤채가 다시 물었다.

"그래도 되지. 내가 나이가 많으니까 말 놓을게."

이서는 윤채의 맑은 눈에 끌리고 있었다.

"이 와인 어때? 테루아가 느껴지니?"

이서가 물었다.

"부에이 메독이요? 선배는 어떤데요?"

"장미 향도 나고, 자갈밭인지 미네랄도 느껴지고, 음……. 메독의 기후도 느껴지고 그러네."

"정말 그래요. 포도밭을 담고 있는 것 같아요. 전 이 와인이 좋은데요."

윤채는 말이 통하는 지적인 이서의 와인에 대한 태도가 좋았다.

〈연애〉

회식이 끝나고 공백의 긴 시간 그가 자꾸 떠올랐다. 윤채는 핸드폰을 자꾸만 만지작거린다. 그리고는 용기를 내본다.

"선배, 퇴근했어요?"

"응, 아직, 왜?"

이서가 상냥하게 묻는다.

"아니, 와인 바디감은 어떻게 만드는지 궁금해서요."

윤채는 엉뚱한 소리가 입에서 흘러나왔다.

"포도는 숙성이 되면서 당도가 점점 더 높아지고, 당도가 높을

수록 발효 시에 알코올 농도가 더 높아져서 최종 와인의 바디가 더 묵직해지는 거야. 윤채 와인 공부 열심히 하는구나."

"궁금한 게 생기니까 선배 생각이 나서……. 저 이제 학교로 돌아가요."

윤채의 뜬금없는 고백이 이서는 싫지 않았다.

"참, 선배, 저 데일리 와인 하고 싶은 와인 생겼어요. '라뚜르 드 피에르'라고 와인이 선배 닮았어요."

〈**프로포즈**〉

이서는 윤채의 맑은 눈과 발랄한 목소리, 적극성, 와인에 대해 진심인 점이 좋았다.

윤채는 이서의 단정한 외모와 지적인 목소리, 차분한 성격, 와인에 대한 해박한 지식이 좋았다.

둘은 서로를 그리워했다.

벚꽃이 날리는 봄날의 어느 날, 이서는 결근을 하고 '라뚜르 드 피에르' 한 병을 사서 예쁘게 포장을 했다. 대학생들로 북적이는 횡단보도를 지나 H대 소믈리에 학과 강의실 안으로 들어간다. 이서의 눈이 윤채를 찾는다. 이서는 무릎을 꿇고 윤채에게 와인 병을 내밀고서 말한다.

"너의 일상과 함께하고 싶어."

〈아빠의 와인숍〉

10년 후 주말, 윤채는 딸 유이와 함께 매화꽃색 후드티를 맞춰 입고 하나백화점 지하로 내려갔다. 백화점 지하에는 각양각색의 디저트가 있고, 식료품점과 식당가가 있다. 그 끄트머리에 와인숍이 있었다. 흰 셔츠에 검은색 조끼와 검은색 바지를 단정히 입은 이서가 손님을 맞고 있었다.

유이는 엄마와 아빠의 와인숍에 가는 것이 좋았다. 와인숍은 마치 도서관 같았다. 윤채는 유이에게 천천히 레이블 보는 법을 가르쳐주었다.

"엄마 이 와인은 왜 이렇게 싸요?"

"유이야, 와인값은 상대적인 거란다. 누군가에게 싼 와인이 누군가에게는 비쌀 수 있어. 그 상대성을 잊지 않는다면 더 매력적인 사람이 될 수 있겠지?"

〈마리아쥬〉

아빠 이서의 퇴근 시간에 맞춰 세 사람은 집으로 돌아왔다.

아기자기하게 꾸며진 작은 거실에 보라색 커튼이 드리워져 있고 회색 소파가 중앙을 차지하고 있다. 거실을 지나면 흰색 조명이 반짝이는 빈티지한 식탁과 주방이 있다.

마리아쥬는 윤채와 이서의 일상이다. 오늘은 북엇국에 닭강정과 부추전을 '안티노리 카사솔레'에 매칭했다.

"엄마, 왜 닭강정을 이 와인이랑 먹는 거야?"

"이걸 '마리아쥬'라고 하는 거야. 프랑스어로 결혼이라는 뜻이야. 와인마다 잘 어울리는 음식이 다 따로 있단다."

"잘 잡힌 미네랄 구조감, 절제된 과실 아로마, 이태리 특유의 흰 꽃 아로마가 좋네."

"안티노리의 균형미가 느껴지나요?"

"전에도 잘 어울리고 강정에도 잘 어울리고 북엇국에도 잘 어울려. 오늘 마리아쥬는 성공적인데."

"엄마, 오렌지 맛나."

유이는 어릴 때부터 소믈리에인 엄마의 와인 교육을 받으며 자랐다.

-현재로의 전환-

〈부에이 메독〉

뭉게구름이 지평선 너머에서 몽실대는 눈부시게 맑은 날이었어.

발밑에서 저벅이는 작은 자갈을 밟으며 상념에 젖어 걷고 있었다.

어디선가 그리운 장미 향이 뜨겁고 건조한 바람에 실려 아련한 기억을 불러일으킨다.

기억이 부르는 또 다른 기억들은 걷잡을 수 없이 뒤얽히고,

그것은 카카오처럼 짙고 감미로우며,

갓 내린 커피처럼 신선하고,

언젠가 마주했던 산사의 오래된 나무기둥 내음처럼 포근하다.

발밑에 떨어진 잘 익은 자두를 닦아 한 입 베어 물고는,

날카로운 금속의 사리 문을 열어

네가 서 있는,

세상에서 가장 감미로운 미소를 지으며 서 있는 그곳으로 가는 중이다.

고마워…….

유이는 비행기도착 방송과 함께 엄마의 시음 노트를 덮었다. 엄마가 도와주는지 프랑스는 날씨가 좋았다.

- THE END -

피스타치오 아이스크림

꼬마는 잠깐 외출을 다녀왔을 뿐이다.

〈후암동〉

푸른 옷을 입기 시작한 남산이 뒤를 받치고, 큰 플라타너스 나무들이 위용을 뽐내는 너른 운동장을 낀 후암동 초등학교 한 저학년 교실 안에서 아이들이 시끌벅적하다.

"메롱, 메롱, 이 아빠 없는 고아야. 옷은 그거 하나밖에 없니?"

작고 사나운 눈의 뚱뚱한 남자아이가 단비의 치맛자락을 잡고 흔든다. 파란색 티셔츠에 청바지를 입고 메이커 운동화를 신은 것이 좀 사는 집 아이인가 보다.

단비는 바가지머리에 뚜렷한 이목구비를 하고서 통통한 몸에 낡은 붉은색 원피스를 입고 잠자코 자리에 앉아 있다. 맑은 갈색 눈에 눈물이 맺혔다. 검은색 구두 위로 눈물이 방울져 흐른다.

"아빠 없으면 고아야. 이 거지야."

이번엔 남자아이가 머리를 잡고 흔든다. 참고 있던 단비가 남자아이에게 달려들어 얼굴을 할퀴었다. 두 아이는 머리채를 잡고 바닥에 뒹굴었다. 아이들이 에워싸고 금세 소란스러워졌다.

그때, 단발머리에 안경을 쓰고 원피스를 입은 여선생님이 두툼한 입술을 내밀고 교실로 들어왔다.

"이단비! 떨어지거라!"

선생님은 잘사는 뚱뚱한 남자아이와 단비에게 차별대우가 심했다.

긴 생머리를 뒤로 묶은 짙은 눈썹의 여자가 청바지에 티셔츠를 입고 교무실 문을 나선다. 그 뒤를 단비가 뒤따르고 있다. 땅거미가 짙게 깔린 운동장을 걸어 나와 후암동의 좁은 골목길을 들어섰다.

"엄마, 그 애가 나보고 아빠 없다고 고아랬어. 흑, 흑……."

"울지 마, 애 얼굴을 그렇게 할퀴어놓으면 어떡하니, 뚝 그쳐."

여자가 손바닥으로 단비의 엉덩이를 후려갈겼다. 단비는 맞아서 서글프고, 자신의 마음을 이해하지 못하는 엄마가 슬펐다.

작은 집들이 다닥다닥 붙은 다세대주택 1층에 단비와 엄마의 집이 있다. 단비는 1층과 2층을 연결하는 철제 계단 위에 앉아 훌쩍인다. 단비는 아빠와 함께 갔던 동물원이 그립다.

'내일 가출할까?'

저녁 어스름 초승달이 까만 밤하늘에서 내려다보고 있다. 초저녁 날씨가 제법 쌀쌀했다.

〈가출〉

다음 날 아침, 엄마가 차려놓은 밥을 먹고 엄마 방 화장대에서 돈을 꺼냈다. 무작정 서울역으로 갔다. 역사 안 바닥은 반질반질 윤이 났고, 천장은 너무 높아 고개가 아팠다. 주말, 여행 가는 사람들로 붐볐다.

표 끊는 기계에 키가 안 닿고 어디를 갈지 몰라 망설이고 있는데 점퍼 차림에 머리가 희끗희끗한 아저씨가 다가왔다.

"얘, 어디 가니? 부모님은 어디 계시니?"

"아빠 만나러 동물원 가요."

단비는 머뭇머뭇거리다 대답했다.

"아저씨, 표 좀 끊어 주시면 안 돼요?"

"어디 보자, 동물원 가려면 대공원역으로 가야 할 텐데……."

아저씨는 표 끊는 기계에서 표를 한 장 뽑아 단비를 지하철 4호선에 데려다주었다.

"잘 가거라. 조심하고 대공원역에서 내려야 해."

"감사합니다."

지하철은 주말이라서 그런지 한산했다. 단비는 비어 있는 자리에 앉아 흔들리는 손잡이를 바라본다. 창밖으로 까만 터널이 지나쳐가고 지하철이 섰다 움직였다를 반복했다. 맞은 편에 엄마, 아빠와 놀러 가는 아이가 과자를 맛있게 먹고 있다. 단비는 아이가 부러워졌다. 그 옆에는 배가 나온 아주머니가 피곤한지 졸고 있었다.

30분쯤 가자 대공원역에 내리라는 방송이 흘러나왔다.

〈피스타치오 아이스크림〉

지하철역에서 나온 단비는 동물원을 찾아 헤맸다. 대공원은 주말이라 10시인데도 사람이 많았다. 사람들에 이리저리 치여 벤치에 앉아 쉬고 있는데 엄마와 함께 온 아이가 풍선을 들고 지나간다. 갑자기 엄마가 보고 싶어졌다. 집에서 나온 것이 후회되기 시작했다. 단비는 무서워서 울음이 났다.

그때, 단발머리에 검은색 재킷을 입고 검은색 구두를 신은 남자아이가 다가왔다. 눈이 올리브색이고 약간 처져 있었다. 키는 단비보다 손 한 뼘 컸다.

"꼬마야, 울지 마. 이거 먹어."

남자아이는 피스타치오 아이스크림을 내밀었다. 단비는 아이스크림을 받고 훌쩍였다.

"내 이름은 하준서야. 10살이야. 넌 이름이 뭐니?"

단비는 준서가 왕자님 같았고 피스타치오 아이스크림이 맛있었다.

"이단비, 8살."

준서는 동물원 지리를 잘 알았다.

"기린 보러 갈래?"

"응."

둘은 손잡고 기린 우리 앞으로 달려갔고 이내, 목이 긴 기린이 어슬렁거리는 이국적인 풍경에 사로잡혔다. 코알라, 얼룩말, 호랑이, 다람쥐, 원숭이 등을 보러 뛰어다녔다. 코끼리 우리에서 냄새가 나 단비가 인상을 찌푸리자 준서가 손으로 코를 막아준다. 단비는 자상한 준서가 아빠 같아 좋았다.

봄이라 동물원에도 꽃이 만발했다. 사루비아꽃 앞에서 준서는 노란색 나비를 잡아 단비에게 내밀었다. 단비는 맑은 갈색 눈망울을 반짝이며 천사 같은 미소를 지었다. 준서는 그런 단비가 사랑스러운지 이마에 살며시 키스를 했다. 복숭앗빛 노을이 지고 동물원에 어둠이 내려앉고 있었다.

"내가 데려다줄게."

단비는 준서의 차를 타고 집으로 향했다. 준서와 헤어지는 아쉬움과 집에 돌아왔다는 안도감이 교차했다.

"오빠, 나 잊으면 안 돼."

"잘 있어. 또 동물원 가자."

단비는 준서를 보내고 집으로 들어갔다.

"엄마, 나 놀다 왔어."

"어서 와, 저녁밥 차려놨어. 단비야, 어제는 때려서 미안해."

"헤헤, 괜찮아, 엄마."

부엌에는 엄마의 김치찌개가 보글보글 끓고 있었다.

〈피스타치오 아이스크림〉

내 편 없는 현실 세계
계단 위의 초승달
아빠와의 동물원
사루비아꽃 앞의 노란 나비
기린들의 우아한 몸짓
울고 있는 꼬마에게 건넨
피스타치오 아이스크림
다시 오자던 오빠의 약속
잊지 못할 하루의 외출

- THE END -

사랑의

조건

사랑과 결혼에 고민하는 이 세상 연인들에게 바칩니다.

〈취향〉

“차르르륵.”

한 무리의 자전거 떼가 잘 닦여진 한강 변을 열을 지어 달린다. 오른쪽으로는 한강이 소리 없이 흐르고 가끔씩 부는 바람에 풀잎이 춤을 춘다. 멀리 유람선이 물보라를 일으키며 유유히 흘러가고 하늘엔 뭉게구름이 곰돌이가 되었다, 공룡이 되었다 옷을 바꿔 입었다. 귀가 먹먹해지는 큰 소리를 내며 지하철이 동호대교 위를 지나쳐갔다. 강변엔 오리가 한가로이 노닐고, 이름 모를 꽃들이 수줍게 인사를 한다.

자전거 무리가 여의도 한강공원 매점 앞에 일제히 열을 지어섰다. 다혼, 브롬톤, 스트라이다, 알톤, 티티카카, 삼천리자전거 등 미니벨로가 다양하고 개성이 강했다. 미니벨로 동아리는 자전거만큼 다양하고 개성이 강한 사람들이 모여 있었다. 대기업에 다니는 사람, 디자이너, 가게를 하는 사람, 대학생 등등…….

스포츠웨어 가게를 하는 회장이 「피자마루」에 피자를 주문했다. 사람들이 숨을 고르며 피자를 기다리고 있는데 분홍색 티셔츠에 레깅스를 입은 긴 생머리의 30대 초반의 여자가 다가왔다. 여자는 큰 눈을 하고 있었다.

"어, 유리야, 수술 끝났어?"

단정한 짧은 머리에 짙은 눈썹을 한 선한 갈색 눈의 하경이 벌떡 일어나 여자에게 다가갔다.

하경은 검은색 티셔츠에 청바지 차림이었다.

"전화는 왜 안 받아?"

"저쪽으로 가서 얘기하자."

하경은 뿔난 유리를 끌고 길 건너 공터로 갔다. 오래 티격태격하던 유리가 먼저 떠나고 하경이 자전거를 가지러 왔다. 사람들과 인사를 나누고 급히 자전거를 챙겨 유리를 따라간다.

하경은 혜온과 대기업 마케팅팀 같은 사무실에 근무하고 있다.

'왜 싸우는 걸까?'

때마침 피자가 도착해 사람들과 피자를 한 조각씩 나눠 먹으면서 하경의 빈자리를 느끼는 혜온이었다.

먼저 간 유리가 자신의 와인색 BMW의 문을 열었다. 하경이 뒤따라가 유리를 잡는다.

"피자 한 조각 먹고 가지. 왜 그냥 가."

"수술해서 피곤해. 자전거 꼭 타야 돼?"

"같이 타면 좋잖아"

"나는 수술 끝나고 맞아줄 수 있는 사람이 필요해. 그만 만났으면 좋겠어."

유리가 소슬한 표정을 짓고서 차를 몰고 떠나갔다. 혼자 남겨진 하경은 자전거를 접어 청색 티볼리 뒤 트렁크에 실었다. 여의도 주차장에 하경의 마음 같은 어둠이 내려앉고 있었다.

주말이 끝난 월요일 점심시간, 점심을 먹은 혜온은 롱블랙을 손에 들고 사무실로 들어섰다. 마케팅팀의 사무실엔 하경이 혼자 남아 있었다. 하경은 흰색 셔츠에 파란색 넥타이를 매고 있었고 그에게선 디올 향수 향이 났다. 혜온은 그에게 다가갔다. 무슨 일이 있는지 낯빛이 어두워 보였다.

"하경 씨, 토요일 날 여의사랑 싸우는 것 같던데, 괜찮아?"

하경의 두 눈에 눈물이 방울져 맺혔다.

"나랑 그만 만나재."

"이번 주에 자전거 타러 나와. 알겠지?"

혜온이 해줄 수 있는 말은 그것밖에 없었다.

토요일 혜온은 글자가 크게 레터링 된 흰색 티셔츠에 청바지,

하늘색 줄이 쳐진 반스 운동화를 신고 검은색 티티카카를 타고 집을 나섰다. 거리엔 플라타너스 나무가 인사를 하고 마포대교가 아침 안개를 뚫고 한강 변을 가로질렀다. 미니벨로 동아리에서 팔당댐을 가기 위해 사람들이 모이고 있었다. 하경은 그래피티된 검은색 티셔츠에 청바지, 흰색 운동화, 검은색 티티카카를 타고 혜온이 있는 벤치로 왔다.

"왔네."

"집에 있는 것보다 나을 것 같아서."

멤버들이 10명 정도 모여들었다. 회장이 출발을 외치고 자전거들이 일제히 출발했다. 도로에는 토요일 산책하는 사람들과 자전거들로 붐볐다. 하경의 우울했던 마음이 파란 하늘처럼 맑아지는 것 같았다. 달리는 자전거 뒤로 나비들이 뒤따르고 맞바람이 시원하게 불었다. 주탑이 구조적으로 세워진 올림픽대교를 지나 팔당 초계국수집에 자전거들이 멈춰 섰다. 식당은 너른 마당을 끼고 있어서 자전거들을 세우기 충분했다.

자전거를 타고 찾는 음식은 꿀맛 같다. 잠시 땀을 식히자 얼음이 동동 띄워진 톡 쏘는 겨자 소스의 초계국수가 나왔다.

혜온은 이별한 하경이 자꾸만 신경 쓰여 국수를 먹다가도 계속 쳐다보게 된다. 하경이 국물까지 깨끗이 비우는 것을 보고 안도의 한숨을 내쉰다.

조금 쉰 후 멤버들이 잠실로 향했다. 하경은 나홀로나무가 외로이 서 있는 언덕이 보이는 나무 앞에 자전거를 세우고 나무에 기대어 앉아 이어폰을 꺼냈다. 다른 멤버들은 사진을 찍기도 하고 산책을 하기도 하고 다른 나무에 기대어 앉아 수다를 떨었다.

"뭐 들어?"

혜온은 하경의 옆에 앉아 이어폰 한쪽을 빼어 귀에 꽂았다.

이어폰에선 「데미안 라이스」의 〈The Blower's Daughter〉가 흘러나오고 있었다.

둘은 함께 음악을 들었다.

"음악이 위로가 돼?"

"응. 내가 좋아하는 음악이야."

"괜찮아?"

"보고 싶어."

"당연한 거야."

〈그 사람의 추억을 지우려 들지 마라. 그것은 다른 사람을 사랑하겠다는 선언이다.〉

-한 달 후-

행주대교를 지나 자유로 방향의 도로를 따라 점심을 먹기 위해 일산에 들렀다. 갈색 인테리어의 콩국수집에 자전거를 세우고 한자리를 차지하고 앉았다. 얼음을 띄운 콩국수가 나왔다. 콩을 간 국물이 담백하고 고소했다.

조금 쉰 후 다시 파주 헤이리 마을을 향해 출발했다. 큰 도로를 벗어나 왜가리 한 마리가 노니는 시골길로 접어들었다. 논과 밭이 펼쳐진 길을 달리자 건축가들이 디자인한 건물들이 드문드문 세워진 헤이리 마을이 보였다.

멤버들은 한쪽에 자전거를 세우고 카페에 앉아 커피를 시켰다. 혜온이 가지고 온 가방에서 쿠키 상자를 꺼냈다. 버터와 설탕을 넣은 달콤한 쿠키였다.

털털하게만 보였던 혜온이 다르게 보였다.

하경이 커피와 쿠키를 맛보고선 묻는다.

"뭐 넣은 거야? 집에서 만들어보게."

"모양 이쁘지? 버터랑 설탕만 넣은 건데. 오븐에서 15분만 구우면 돼. 180도에서."

커피를 마시고 밖으로 나가자 버스킹을 하고 있었다.

하경과 혜온은 손뼉을 치며 공연을 즐겼다. 하경은 기타보다 작은 악기 이름이 궁금했다.

"기타 같은 저 악기 이름 알아?"

"우쿨렐레야. 소리 좋지?"

혜온은 배워가는 사고를 가진 하경이 좋았다.

공연을 구경하고 멤버들은 여의도로 향했다. 저녁 먹기에는 이른 시간이었다. 하경과 혜온은 한강변 벤치에 맥주캔을 사 들고 앉았다. 해가 뉘엿뉘엿 넘어가고 있었다.

"그 여자도 맥주 좋아했어?"

"아니, 술 별로 안 좋아했어. 난 맥주가 좋아."

"우리 사귀어볼까?"

"나 아직 못 잊겠는데 괜찮을까?"

"난 네가 좋아."

〈베토벤소나타〉

서울 아현동 아파트 혜온의 집, 일요일 오후 거실에 햇살이 길게 드리워져 있다. 기분 좋은 바람이 열려진 창문으로 들어와 커튼이 사르륵 소리를 낸다. 혜온의 엄마가 키우는 화분 아글라오네마의 잎을 닦고 있다.

늦잠을 잔 혜온이 방문을 열고 나왔다. 늦은 아침을 호두호밀 브레드에 에그 스크램블, 커피로 간단히 때우고 설거지를 한 후 엄마와 함께 마실 홍차를 준비했다.

"엄마, 여기 앉아봐. 할 말 있어."

"뭔데. 우리 딸, 남자친구라도 생겼니?"

"귀신 같네. 나 남자 생겼어."

"어떤 사람인데?"

"나랑 취향도 같고, 이해와 관용의 눈을 가진 배워가는 사고를 하는 사람이야. 베토벤소나타 같아."

“집으로 초대해야지. 아빠도 보여주고.”

주말 아파트 지하주차장 혜온의 자동차 흰색 레이 옆에 하경이 자신의 차를 주차했다. 혜온의 부모님을 처음 뵙는 자리라 좋아하는 검은색 티셔츠 대신 랄프로렌의 청색 폴로셔츠에 아끼는 로퍼를 신고, 선물은 리시안셔스 꽃다발을 준비했다. 지하주차장은 오래되고 낡아 보였다.

부모님을 소개시키지 않은 유리가 떠오르고 집으로 초대해준 혜온이 내심 기분이 좋았다. 벨을 누르자 혜온이 얼굴을 불쑥 내밀었다. 혜온은 편한 베이지색 치마에 로고가 새겨진 흰 티셔츠를 입고 있었다. 그 뒤에 혜온의 부모님이 웃으며 서 계셨다. 아버님의 맑은 눈이 먼저 들어왔다. 혜온이 아버님 눈을 닮은듯했다. 머리는 숱이 적고 조금 벗겨져 있었고 인자해 보였다. 풀색 티셔츠에 베이지색 면바지를 입고 계셨다. 어머님은 달걀형 얼굴에 긴 생머리를 뒤로 묶고 체크 셔츠에 긴 치마를 입고 계셨다. 나이보다 젊어 보였다.

아파트는 수수하고 검소했다. 가지고 온 꽃다발을 어머님께 드리자 함박웃음을 지으시며 좋아하신다. 선물을 좋아하셔서 긴장이 조금 풀리는듯했다.

“음식은 잘 먹는다는 거로 간단히 준비했네.”

식탁에는 색색깔의 월남쌈과 보기 좋게 차려진 밀푀유가 있었다. 수저받침에 놓여진 수저와 이쁜 접시에 플레이팅된 식탁이 좋은 인상을 주었다. 부모님은 하경이 준비한 음식을 잘 먹어서 호감이 갔다.

식사가 끝난 후 혜온과 엄마가 디저트를 준비하는 동안 하경은 아버님과 거실에 있었다.

"올해 나이가 어떻게 되나?"

"올해 34입니다."

"직업은 뭔가?"

"혜온과 같은 사무실에서 근무합니다."

"내 딸 어디가 좋은가?"

"취향도 잘 맞고, 여성스럽고, 크고 맑은 눈도 좋고, 같은 일 하는 것도 좋습니다."

아버님과 대화를 나누고 있는데 홍차와 과일이 나왔다.

"하경 군 그만 괴롭혀요. 난 혜온이한테 남자친구 생긴 것만 해도 좋아요."

"엄마, 아빠가 좋아야 나도 좋아."

"어머님, 아버님 혜온이 아껴주겠습니다."

하경과 혜온은 디저트를 먹고 혜온의 방으로 갔다. 방에는 하얀 침대보가 씌워진 싱글침대가 있고 작은 창에는 올리브색 커튼이 양쪽으로 묶여 있었다. 화장대 위에는 은방울꽃을 꽂은 검은색 화병이 놓여져 있었다. 어디선가 버버리 향수 향이 은은하게 코끝을 스쳤다. 베토벤소나타 LP판과 턴테이블이 한 공간을 차지하고 있었다.

"나, 옛날 사진첩 보고 싶어."

하경과 혜온은 서로의 사소한 것까지 궁금했다.

"고향 집이 청도랬지? 가보고 싶은데 안 데리고 갈 거야?"

"형이 있는데 작년에 결혼했어. 형이랑 형수한테도 보여주고 싶은데 괜찮아?"

"어머님이랑 형이 나 좋아할까?"

혜온은 하경의 고향 집으로 여행 간다는 생각에 들떴다.

-이 주일 후 고속 터미널 청도행 버스-

하경과 혜온은 청바지에 검은색과 흰색 노스페이스 점퍼를 맞춰 입고 이어폰을 한쪽씩 끼고 버스에 앉았다. 이어폰에서는 「넬」의 몽환적인 목소리가 흘러나왔다. 버스가 서울을 빠져나가고 차창 밖으로 산과 들, 강의 풍경들이 지나쳐갔다. 혜온이 하경의 어깨에 기대 잠이 들었다.

하경은 혜온의 이어폰을 살포시 뺐다. 눈을 꼭 감고 잠든 혜온이 사랑스러웠다. 바쁜 유리와 하지 못했던 일들을 하는 요즘 나날이 기분이 새롭다.

버스가 청도터미널에 도착했다. 터미널 밖은 장이 섰는지 북적거렸다. 감식초, 곶감, 이름 모를 야채들이 길거리에 깔려 있었다. 혜온은 아주머니들에게 야채들의 이름을 물어보며 아이처럼 신나 했다.

감이 탐스럽게 달려 있는 감나무밭을 지나 오래된 파란색 철문을 열고 장독대가 있는 녹색 지붕의 단층집으로 들어섰다.

"어머니, 저희 왔어요."

짧은 단발머리에 파마를 한 하경의 어머니가 둘을 맞았다. 고

생한 흔적이 없는 것이 시골 여자답지 않았고, 얼굴은 하경을 닮은 것 같았다. 그 뒤를 하경보다 키가 작은 형과 도시 여자 같은 형수가 맞았다. 신발이 가지런히 놓인 현관을 지나 고풍스러운 가구들이 놓여 있는 거실에 들어섰다. 집은 생각보다 넓었다.

"안녕하세요. 반가워요. 하경이 여자친구 생겼대서 구경 왔어요."

"형이야. 부산에서 변호사 하고 있어."

"애기가 뭐 좋아할지 몰라서 보쌈했는데, 어서 먹자."

식탁에는 방금 삶은 고기와 고춧가루에 묻힌 무채와 갖은 반찬이 차려져 있었다. 곧이어 어머니가 복분자주를 내왔다. 어머니는 하경과 다르게 수다스러웠다. 혜온은 차려주신 밥 한 공기를 다 비우고 복분자주도 한잔했다. 화기애애한 분위기가 맘에 들었다.

식사를 다 하고 형수와 설거지를 한 후 하경과 혜온은 산책에 나섰다. 산등성이가 검은 소의 등 같았고 밤하늘엔 별들이 쏟아지고 있었다. 어디선가 풀벌레 소리가 들려왔다.

하경은 혜온의 손을 살포시 잡았다. 혜온이 하경을 보며 보일 듯 말 듯 미소를 지었다.

〈제주도〉

"혜온아, 다음 주 휴가계 냈어?"

"아직, 오빠는?"

"나는 휴가계 내고 비행기 표 예매까지 했지."

부장님이 사무실로 들어오자 둘은 다급히 메신저 창을 내리고

파워포인트 창을 띄웠다. 비밀연애를 시작한 지 1년이 되어가고 있었다. 원만한 인간관계를 위해 둘은 비밀연애를 선택했다. 조금만 신경 쓰면 될 일이었다.

다음 주는 일을 내팽개치고 휴가계를 내서 제주도를 다녀올 계획이다. 혜온과 하경은 제주도를 볼 생각에 기대에 부풀어 일이 손에 안 잡혔다. 3박 4일 일정이라 부모님의 허락을 구해야 했다.

-다음 주 제주도공항-

청바지에 검은색, 흰색 캘빈클라인 티셔츠를 맞춰 입고 반스 운동화를 커플로 신고 등에는 백팩을 메고 공항을 나섰다. 하경의 키는 혜온 보다 한 뼘 정도 컸고, 둘 다 체격은 보통 체격이어서 마치 신혼부부처럼 잘 어울렸다.

때마침 날씨는 유리구슬처럼 맑아서 눈이 부셨다. 둘은 풀색 스쿠터를 렌트해서 해안가로 향했다. 해안도로에는 이국적인 야자수 나무가 반갑게 인사를 건네고 제주도에서만 볼 수 있는 돌담이 널려 있었다. 가는 곳곳마다 노란 유채꽃밭이 펼쳐졌고, 시원한 바람이 불어와 두 사람의 땀을 식혀주었다.

두 사람은 스쿠터를 세워놓고 해변 위 벤치에 앉아 파도소리를 들으며 점심으로 샌드위치와 커피를 먹었다. 점심을 먹은 후 둘은 해변을 걸었다. 가는 모래로 이루어진 모래사장과 초여름의 에메랄드 바다가 배경이 되었다. 먹이를 쫓던 갈매기가 바다 위를 부유하고 은색의 파도가 큰 소리를 내며 부서졌다.

서귀포에서 문어와 전복, 새우가 들어간 문어해물라면을 저녁으로 먹고 펜션으로 갔다. 펜션 앞은 바다가 펼쳐지고 나무로 만든 그네가 놓여 있었다. 마당엔 푸른 잔디가 깔려 있고 외장은 혜온이 좋아하는 흰색이었다. 방에는 흰색 침대보로 덮인 더블 침대가 차지하고 있었다. 뚫린 창에는 흰색 커튼이 리본에 묶여 있었고 창밖으로는 바다가 보였다.

짐을 풀고 샤워를 끝마친 둘은 밖에서 사 온 맥주캔을 따 마셨다. 목으로 넘어가는 맥주가 시원했다.

"제주도 좋아?"

"응. 가끔 이렇게 둘이 여행 다녔으면 좋겠어."

"난 사무실에서 일하는 것보다 너랑 있는 게 좋아."

"나도 일보다 오빠가 먼저야."

맥주를 다 마신 둘은 침대 이불 속으로 들어갔다. 하경은 혜온을 안고 싶었지만 꾹 참았다.

"손만 잡고 잘게."

〈화합물과 혼합물〉

"혜온 씨, 오늘 저녁 식사 같이해요."

"네? 네에……."

훤칠한 키에 작은 눈을 한, 비싼 양복을 갖춰 입은 조승우 팀장이 혜온에게 말했다.

"혜온아, 오늘 저녁 같이할까?"

하경이 혜온에게 메신저로 말한다.

"오늘 저녁에 팀장님이 식사 같이하재."

"왜? 무슨 일 있나?"

"몰라. 가봐야 알지? 갔다 올게"

혜온은 메신저 창을 닫고 외투를 입고 밖으로 나갔다.

회사 밖으로 나가자 조승우 팀장이 삐빅 소리를 냈다. 그는 회색 벤츠를 타고 있었다. 차밖으로 급히 나오더니 반대쪽 문을 열고 혜온을 에스코트한다. 차 안에서는 은은한 꽃향기가 났다. 레스토랑 앞에 차를 발렛파킹하고 안으로 들어갔다.

"뭐 먹을래요?"

"크림스파게티 먹을게요."

조승우 팀장은 크림스파게티 2인분과 와인을 주문했다.

팀장은 목소리가 여성스럽고 수다스러웠다. 잠시 후 음식이 나오고 소믈리에가 와인의 시음을 권유한다. 팀장이 시음하더니 괜찮다고 한다. 혜온은 이 모든 과정이 부담스러웠다. 불편하게 꾸역꾸역 먹는 둥 마는 둥 하고 있는데 팀장이 말한다.

"혜온 씨, 그동안 지켜보고 있었어요. 나랑 사귈래요?"

"죄송해요. 팀장님 저 좋아하는 사람 있어요. 먼저 가볼게요."

혜온은 그 길로 나와 하경에게 전화를 했다.

"오빠, 독일 수제 맥줏집에서 보자."

"오늘 저녁 약속 있다더니, 알겠어."

혜온은 회사 근처 독일 수제맥줏집에서 500cc와 소시지를 먼저 시키고 한잔하고 있었다. 잠시후, 하경이 늘 입던 그래피티된 검은색 티셔츠를 입고 나타났다. 그는 500cc를 시키더니 소시지를 한입 베물었다.

"오빠, 우리 결혼할까?"

"혜온아, 난 사랑을 지킬 자신이 없어. 우리가 사귀고 있지만 변하지 않으리란 법이 없잖아."

"오빠, 사랑이라는 것은

내가 사랑하게 된 대상이 나라는 원소와 만나 화합물이 되어 변해버리기 때문에

사랑하던 대상을 잃어버리고 사랑이 사라져버리는 것이 분명한데,

오빠, 그럼 사랑하게 된 그 대상과 내가 성질을 잃지 않고 혼합물로서 존재한다면

조금 불안하긴 하지만 그 사랑이 지속될 수 있지 않을까?"

"내가 할 수 있을까?"

"우리 노력해보자."

양재동 공원 자전거도로로 연결된 아파트 단지 505호 현관문 앞에 검은색 티티카카 두 대가 접혀있다. 베이지색 대리석 현관을 들어서면 올리브색 소파가 보이고 흰색 커튼이 드리워진 모

던한 거실이 나온다. 현관 앞방은 아이를 위한 방으로 비워뒀고 거실을 지난 작은 방은 대형 스크린과 소파를 꾸며 영화룸으로 쓰고 있고, 안방엔 검은색 침대보로 덮인 더블침대와 모던한 화장대가 놓여져 있으며 거실과 같은 흰색 커튼이 드리워져 있다.

오늘 당번인 하경이 잠에서 먼저 깨어났다. 잠들어 있는 혜온의 이마에 키스를 하고 침대를 벗어나 방문을 열고 주방으로 들어섰다. 주방은 혜온의 취향인 무광 흰색으로 꾸몄다.

하경은 토스트를 하기 위해 계란을 굽고, 토스트기에 식빵을 넣었다. 언제 일어났는지 혜온이 뒤에서 하경을 안았다.

"오늘은 뭐 볼까?"

"〈오만과 편견〉 보자"

"애가 나온대요. 저 병원 가볼게요"

하경은 조퇴를 하고 산부인과로 달려갔다. 산통에 힘들어하는 혜온의 두 손을 꼭 잡고 함께 하는 것 말고는 할 수 있는 일이 없었다. 잠시 후 핏덩이가 울음을 터뜨렸다. 손과 발이 너무 작아 인형 같았다. 감격에 겨운 하경의 눈에 눈물이 맺혔다.

하경은 육아휴직을 하고 회사를 나왔다. 오늘은 결혼기념일이라 꽃집에 들러 혜온이 좋아하는 은방울꽃을 샀다. 집에는 몸을 푼 혜온이 아이와 함께 있었다.

당번인 혜온이 저녁 준비를 하고 하경은 아이를 본다.

"오늘 저녁은 뭐야?"

"오빠 좋아하는 소고기뭇국."

두 사람은 아이를 재우고 좋아하는 맥주를 마시며 결혼기념일을 기념했다.

-5년 뒤 한강공원-

긴 생머리를 곱게 묶고 아이와 같은 흰색 티셔츠에 청바지를 입고 혜온이 하경의 차 뒷자리에서 내렸다. 검은색 티셔츠의 하경은 뒷트렁크에 실은 자전거 세 대를 차례대로 내려 펴서 세웠다.

〈사랑의 조건〉

사랑할 때 봐야 할 조건이 있어.

그 사람의 취향.

사랑할 땐 궁금해지는 거야.

그 사람의 사소한 것까지

사랑할 땐 보이고 싶어져.

주변의 사람들에게

사랑할 땐 지켜주는 거야.

그 사람이 지닌 추억들을

사랑이 지속될 수 있을까?

변하지 않는 혼합물처럼 말야.

흔한 사랑으로 끝나지 않길.

- THE END -

혼자인 아이들

〈왕따라는 용어〉

의정부 초등학교 6학년 교실 열린 창으로 바람이 불어와 운동장에서 뛰어놀던 아이들의 땀을 식히고 있다. 점심시간 시끄럽고 번잡스러운 북새통 사이 맨 뒷자리에 앉아 책을 보는 아이가 있다. 박하진, 반장, 가는 눈에 뚜렷한 코와 큰 입을 하고 얼핏 봐도 건강한 체형에 남색 티셔츠, 청바지를 입고 있다.

"보육원 거지야."

"히죽이 왕따야."

"이 왕따야."

키가 작고 눈이 큰 아이, 뚱뚱하고 덩치 큰 아이, 원피스를 입고 파마머리를 한 아이, 찢어진 눈에 얼굴이 큰 여자아이가 한 아이를 둘러싸고 괴롭히고 있었다. 괴롭힘을 당하는 아이는 큰 눈에 허여멀건 한 얼굴을 하고 마른 체형에 낡은 녹색 티셔츠,

청바지를 입고 있었다.

'왕따는 우리가 그렇게 부르면서부터 생겨나는지 모른다. 그들은 단지 혼자인 아이들이다.'

하진은 정의롭고 남자다운 반장이었다.

"얘들아, 왕따라는 용어를 쓰면 안 되는 거 같아, 남을 괴롭히는 건 나쁜 일이야."

괴롭히던 아이들이 머쓱해져서 하나둘 자기 자리로 돌아갔다. 괴롭힘을 당하던 아이 이름은 김도경이다. 도경은 보육원 출신으로 혼자 있는 걸 좋아하는 조용하고 여성스러운 아이였다. 도경은 자기를 도와준 반장이 고맙고 남자다운 점이 부러웠다.

방과 후 아이들이 모여 축구를 하고 있다.

축구를 하다 목을 축이러 수돗가를 가던 하진이 계단에 앉아 있는 도경을 발견한다.

도경은 '알퐁스 도데' 책을 읽고 있었다.

"알퐁스 도데네. 나도 좋아하는데."

"난 풍자소설보다 별 같은 서정적인 문체가 좋아."

"끝나고 떡볶이 먹을래?"

"나는 쌀 떡이 맛있어."

〈브로맨스〉

학교 앞 떡볶이집에는 주인의 취향이 묻어나는 「김광석」의 노래가 흘러나왔다. 테이블은 허름했고 여러 사람이 다녀간 메모가 덕지덕지 붙어 있고 선풍기가 께름칙한 소리를 내며 돌아가고 있었다. 작은 키에 통통한 체형의 파마머리를 한 아저씨가 빨간색 티셔츠에 검은색 앞치마를 두르고 주문을 받으러 왔다. 하진은 익숙하게 쌀 떡볶이와 튀김범벅을 주문하고 물잔에 물을 따랐다.

"이 얼굴 하얀 도련님은 누굴까? 녹색 옷이 잘 어울리네."

아저씨는 여전히 수다스러웠다.

"김도경이라고 같은 반 친구예요. 떡볶이 많이 주세요."

"도경아, 이거 「서태지와 아이들」 테이프인데 한번 들어봐."

'나는 줄 게 없는데.'

쌀 떡과 튀김범벅을 다 비우고 둘은 떡볶이집을 나왔다.

"우리 집에 갈래?"

"그래."

입구에 은행나무가 서 있는 천사보육원으로 들어서자 은색 머리를 뒤로 묶은 흰색의 프릴 블라우스에 베이지색 롱치마를 입은 눈코입이 작고 선한 인자해 보이는 원장님이 둘을 맞았다.

"어서 와. 아들, 친구 데려왔니?"

"네. 엄마, 같은 반 반장이에요."

"형, 나 단팥빵 먹고 싶은데."

"저녁 먹어야지. 간식은 다음에 먹자."

"우리만 떡볶이 먹고 와서 미안하네. 담엔 싸가지고 와야겠다."

하진은 도경이가 어른스러워 보였다.

은행나무가 서 있는 보육원 사립문을 나서면서 하진은 도경이 한층 더 좋아졌다.

〈다른 사람〉

나는 혼자인 게 좋아.
고독에 익숙하단다.
다른 사람들이 몰려가는
줄에 서고 싶지 않아.
다르다고 놀리지 말아.
인정하는 법을 배우렴.
나는 혼자인 게 좋단다.
고독이 좋단다.

\- THE END -

고양이의 여정

어둑어둑한 노을 풍경 사이로 엄마의 뒷모습이 보인다. 여긴 어딜까? 여분의 밥과 함께 케이스에 버려졌다. 엄마, 엄마, 불러 보지만 대답해주는 이가 없다. 여긴 너무 추운 허허벌판이다. 배가 고파서 밥을 먹었다. 밥을 다 먹으면 어떻게 해야 하지? 엄마 품이 너무 그립다.

깡마른 곱슬머리의 사내가 나를 발견했다. 얼굴은 까맣고 눈은 크고 선했다. 허름한 밤색 셔츠에 청바지를 입고 갈색 구두를 신고 있었다.

"여보, 고양이가 혼자 굶고 있어."

긴 생머리를 곱게 묶고 앞치마를 두른 눈이 작고 선한 여자가 안에서 나왔다. 여자는 긴치마를 입고 있었다.

"우리가 키워야지, 어떻게 혼자 굶게 둬."

사내는 케이스에서 나를 꺼내 마당에 풀어주었다. 노란 누렁이가 나를 보더니 어르릉댔다.

마당 한구석에서 지내려니 혼자 지내던 방이 생각이나 울컥해졌다. 따뜻했던 하얀 솜이불이 생각이 났다.

마루 밑에서 잠을 자고 깨어나 여자가 주는 밥을 먹었다. 엄마가 주던 영양식이 아니라 뼈다귀가 있는 죽이었다. 이것도 이젠 감지덕지했다.

마당 한구석에 피어 있는 민들레를 헤집어놓았다.

밥을 먹고 오리가 있는 우리에 들어가 놀았다. 오리들이 이리저리 도망 다니는 게 재밌었다.

오리들과 놀고 나서 토끼 우리에 들어가 놀았다. 토끼들은 오리보다 멍청했다.

심심해져서 누렁이를 괴롭혔다. 누렁이가 으르릉대자 주인 사내가 나를 마루 위로 떼어놓았다.

이렇게 또 밤이 찾아오고 낮이 찾아오고 똑같은 일과가 반복된다.

어느 날, 동물농장에 꼬마 손님이 찾아왔다.

파마머리를 길게 한 흰 얼굴의 소녀였다.

"엄마, 고양이다. 내가 키울래."

〈버려진 아이의 꿈〉

추운 겨울 나는 버려졌네.

따뜻한 엄마의 품.

포근한 솜이불.

그리운 집밥.

추운 겨울 나는 버려졌네.

그래도 계절은 돌아오네.

노란 민들레는 피어나고

애꿎은 누렁이만 괴롭히네.

내게도 새 식구가 생길까?

- THE END -

나의 팬

〈소설〉

-아현동-

허름하고 오래된 아파트 5층 501호, 하늘색과 흰색이 레이어드된 커튼 사이로 오후의 한가로운 바람이 불어온다. 햇살이 길게 드리워진 거실 한가운데 낡은 와인색 소파가 놓여 있다. 소파 위에는 파란색, 검은색, 흰색이 섞인 긴 원피스를 입은 지안의 엄마가 TV를 보고 있다.

이지안, 27세 단발머리의 그녀는 파란색 커튼을 드리우고 하늘색 꽃무늬 침대보의 싱글침대가 놓인 방 탁자 위에서 노트북을 두드리고 있다.

"지안아 방구석에서 뭐해. 나와서 TV 봐."

"엄마, 나 지금 바빠."

지안은 파트타이머로 생계를 연명하면서 소설을 쓰고 있다.

돈벌이가 안 돼서 아직 가족들에게도 자신 있게 글 쓴다는 소리를 못하지만 글 쓰는 게 재밌다.

지안은 이데올로기가 있는 어른들을 위한 동화를 쓴다.

아직 책을 못 내고 블로그에 올려놓는 게 전부지만 자신에게도 팬이 생길 거라는 희망을 잃지 않고 있다.

〈아르바이트〉

코로나19로 아현동 초등학교에 소독하는 아르바이트가 생겼다. 오후 1시 큰 키의 지안은 하늘색 폴로셔츠에 면바지 긴 보라색 앞치마를 두르고 교무실로 갔다. 뚱뚱하고 짧은 체형의 인상 좋아 보이는 교감 선생님이 예의 바르게 지안을 맞았다.

"소설가라고 했죠? 잠깐잠깐 소독하는 거라 힘들진 않을 거예요. 고무장갑이랑 소독약은 여유분 많으니까 아끼지 마세요. 애들 수업 끝나는 거 기다렸다가 책걸상만 닦아주세요."

아이들 수업이 끝나 비어 있는 저학년 교실부터 소독을 시작했다. 비어 있는 교실은 고요하고 아무 생각도 나지 않았다. 가끔 책상 위에 아이들이 연필로 낙서해놓은 게 전부였다.

"얘들아 청소하자."

어디선가 이지적인 목소리가 들렸다. 큰 키에 짧고 단정한 머리, 셔츠 차림에 정장 바지를 입은 선한 눈에 안경을 낀 지적인 외양의 선생님이 서 있었다. 아이들은 책상을 밀고 빗자루로 쓸고 선생님께 검사를 받고 선생님과 장난을 치고 책상을 원래 자리로 가져다 놓고 하교를 했다.

"저……. 소독해도 될까요?"

"아 네. 그러세요."

선생님은 자리에 앉아 모니터를 들여다보고 있었다. 지안은 선생님이 신경 쓰였지만 대충대충 할 수 없는 성격이라 꼼꼼히 소독을 하고 교실 문을 나섰다.

"수고하세요."

"네. 수고하셨습니다."

인사를 나눌 때도 선생님은 모니터만 들여다보고 있었다.

4학년 교실, 아이들이 교실을 떠나가고 단발머리에 파마를 한 안경을 쓴 지적인 여선생님이 혼자서 청소기를 돌린다. 걸상이 책상 위에 걸쳐져 있다.

"선생님, 지금 소독할까요?"

"아니요, 오늘은 소독 안 하셔도 돼요."

저 선생님은 왜 아이들을 시키지 않고 혼자 청소하는지 지안은 의아해진다.

다음 날, 텅 빈 복도를 따라 학생들을 가르치는 선생님의 지적인 목소리가 들려온다. 아이들의 하교를 기다리는 것이 지루하지가 않았다.

〈그의 일상〉

"〈즐거운 나의 집〉 다시 한번 불러볼게요."

학생들이 리코더를 들고 불기 시작했다. 교실 밖에 키가 큰 보라색 긴 앞치마를 두른 여자가 두리번댄다. 수업이 끝나고 학생들과 청소를 하고 하교시킨 후 모니터 앞에 앉았다.

서동하, 29세 아현동 초등학교에 부임한 지 1년 됐다. 모니터에는 지안의 소설이 떠 있다. 동하는 지안의 팬이다.

동화 같은 소설 속에 담긴 그녀의 사상이 좋았다. 특히 교육문제는 그녀와 생각이 같았다.

소설을 읽고 있는데 보라색 긴 앞치마를 두른 마른 몸의 여자가 소독을 하러 왔다. 그녀는 크고 선한 눈을 하고 있었다. 단정한 단발머리가 맘에 들었지만 소독하는 아르바이트생에게는 관심이 없었다.

지안이 소독을 끝내고 나가자, 4학년 담임이 커피 마시자고 부른다. 그녀는 동하에게 적극적이다. 동하는 그녀의 제안을 거절하고 소설을 계속 탐닉한다.

〈이별〉

지안은 선생님이 자리를 비운 틈을 타 선생님 자리도 소독하려고 책상을 닦는다. 마침, 컴퓨터가 켜진 상태였는데, 모니터에는 지안의 블로그가 띄워져 있었다.

"여긴 소독 안 해도 되는데."

"선생님, 소설 읽으세요?"

"아, 이 블로그요? 이 소설가 팬이에요. 이상이 같아서요."
"아…… 네……."
지안은 소독 도구를 교감 선생님께 반납하고 초등학교를 나섰다.

지적이고 키가 큰 그가 나의 팬이라니 생각만으로도 기분이 좋았다.

점심시간, 교감 선생님과 선생님들이 티타임을 가지고 있다.
"소독 끝났습니다. 이제부터는 각자 소독하셔야 합니다."
"아르바이트생 이제 안 오나요?"
"이지안 씨요? 이제 소설가의 본업으로 돌아가겠지요."
"아르바이트생 이름이 이지안입니까?"
동하는 놀라 연거푸 물었다.

〈베니스에서의 재회〉

오래된 건물들 사이 개울이 흐르고 작은 배가 떠내려온다. 배 위에는 와인색 폴로셔츠를 입은 동하가 앉아 있다. 방학에 짬을 내 이탈리아 베니스로 여행을 왔다. 그때, 구름다리 위에 거짓말처럼 와인색 폴로셔츠를 입은 지안이 난간에 기대어 서 있었다. 지안과 동하는 한눈에 서로를 알아봤다. 동하는 배를 세운 후 지안이 있는 다리 위로 달려갔다.

"제가 당신의 팬이에요."

〈나의 팬〉

나는 나의 사상을 말하고 싶어요.

사람들에게 향기로운 여운을 주고 싶어요.

동화 같은 세상을 꿈꾸죠.

아름다운 세상이 좋은걸요.

당신도 그런가요?

당신이 나의 팬인가요?

- THE END -

특별한 사람

〈경호의 음악〉

어느 겨울의 새벽 2시,

도시의 불빛들이 외로운 사람들을 위로하는 까만 밤, 불 꺼진 서민 아파트의 101호에만 환하게 불이 밝혀져 있다. 현관에는 파란색 줄무늬가 한 줄 그어진 발렌티노 스니커즈가 가지런히 놓여 있고 턱은 경사를 두어 단차를 없애 휠체어가 다닐 수 있도록 해놓았다. 현대 화가들의 액자가 걸려진 복도를 지나면 책장으로 채워진 거실에 작고 아담한 회색 소파가 덩그러니 있고 네이비색 커튼이 늘어져 있다. 맞은편 주방에는 내추럴한 나무식탁이 있고 네이비색 싱크대를 휠체어를 타고도 불편하지 않도록 높이를 낮춰놓았다. 한쪽 와인셀러에는 와인과 치즈가 채워져 있었다. 안방 앞 화장실에도 턱이 경사가 져 있었고 변기에는 안전 손잡이가 설치되어 있었다. 방과 방의 턱은 없애 휠체어가 다니기 편하도록 구청에서 인테리어를 고쳐주었다.

이경호 28세 하체불구자, 그 시간 경호는 자신의 작업실에서 음악 작업을 하고 있었다. 고아인 경호는 혼자 살고 'BLUE CITY'라는 가명으로 노래를 만드는 싱어송라이터이다. 자신의 몸은 음악을 만드는 데 장애가 되지 않았다. 악상이 떠오르면 곡을 만들고 가사를 붙인다. 음악은 감각적이고 가사는 시적인 게 좋다.

작업을 하다 크루아상을 한입 베어 물고는 핸드폰을 들었다.

"형, 앨범 나왔어?"

"야아, 이번 노래 죽인다. 잘 될 거 같은데. 근데 먹으면서 일하는 거야?"

"그럼. 이 시간이면 배고프잖아. 이번에 작곡한 거 한번 들어볼래?"

"나중에, 그나저나 앨범 잘 팔려야 될 텐데, 그래야 너 장가도 가지."

"하, 농담은, 들어가."

경호는 형의 농담에 문득 여자라는 존재가 그리워진다. 그리고 비가 내렸다.

빗길을 달리는 자동차 소리가
기분 좋은 새벽공기와 함께
창을 넘어와 간지럼을 태운다.
도시를 적시는 촉촉한 내음에
문득 침대의 옆자리가 허전하게 느껴져

잠들지 못하고 님을 그린다.

혼자라는 것은 빗소리마저도 쓰라린 거구나.

〈새벽〉

〈해인의 자원봉사〉

시를 쓰는 해인은 엄마가 하는 자원봉사를 결심했다. 매주 수요일 하체불구자 장애인의 집을 청소하고 잡무를 봐주는 일을 하기로 했다.

하얀 입김이 나오는 추운 겨울 어느 수요일 해인은 네이비색 코트를 여미고 집을 나섰다. 일산의 서민 아파트 101호 이름은 이경호 28세, 해인보다 한 살이 어렸다. 하체불구자래는데 어떻게 대해야 할까? 해인은 장애인 자원봉사는 처음이었다. 장애인에 대한 인식이 많이 바뀌었데지만 아직 해인에게는 불쌍한 사람들이었다.

한 사람의 인격체로 대우해주어야 한다는데 그럴 수 있을까?

아파트 주차장에 하늘색 레이를 주차하고 101호의 벨을 눌렀다.

"지니, 문 열어줘."

"딸깍."

문이 열리자 현관에는 휠체어를 타고 있는 경호인듯한 남자가 해인을 맞았다.

"어서 오세요. 슬리퍼는 이거 신으시면 돼요."

경호는 짧은 머리에 깊고 그윽한 눈을 하고 있었고 포근해 보이는 풀색의 니트에 흰색의 바지를 입고 있었다.

"안녕하세요. 자원봉사자 신해인입니다."

해인은 커트머리에 오목조목한 이목구비를 가지고 있었고 작은 눈을 이쁘게 웃었다. 네이비색 코트에 겨자색 어그부츠를 하고 현관에 서 있었다.

"코트는 저기 옷방에 걸어두세요."

경호는 능숙하게 휠체어를 움직여 거실로 들어갔다. 해인은 경호의 스니커즈 옆에 가지런히 어그부츠를 벗어두고 경호를 따라 거실로 갔다. 실내에는 은은한 코오롱 향이 났고 옷방에는 내추럴한 옷들이 낮은 행거에 걸려 있었다. 해인은 발랄해 보이는 오렌지색 니트에 검은색 바지를 입고 있었다.

"이경호라고 했지? 내가 한 살 많아. 말 놓을게. 우와, 책 많다. 이거 다 읽은 거야?"

"읽고 있는 중이에요. 누나라고 부를게요."

"청소할 건데 잠깐만 이거 들어볼래?"

해인은 평소에 듣던 음악을 경호에게 들려주었다.

"BLUE CITY네요. 이 음악 어디가 좋아요?"

"서정적이고 그루브한 게 좋아."

경호는 자신의 음악을 좋아해주는 해인이 내심 기분이 좋았다.

해인은 세탁기를 돌리고 책장의 먼지를 털고 청소기를 돌리고 물걸레질을 했다. 창가에는 한겨울의 햇살이 소리 없이 들어와 휠체어에 앉은 경호를 감싸고 있었다. 경호는 무라카미 하루키의 『상실의 시대』를 읽고 있었다.

"이거 먹고 가요."

경호는 청소를 끝낸 해인에게 크루아상과 커피를 내밀었다.

"와, 맛있겠다. 나 크루아상 좋아하는데. 잘 먹을게. 근데 더 할 일은 없니?"

"장은 인터넷으로 보면 되고, 음……. 다음 주에 올 때 와인 사다 줄래요? 이름은 '요리오'예요."

해인은 크루아상과 커피를 먹으면서 경호의 깊고 그윽한 눈을 가까이서 들여다봤다. 참 지적으로 생겼다는 생각이 들었다.

〈석현〉

"해인아, 동네 편의점으로 나와, 맥주 한잔하자."

수의사를 하는 옆집 친구 지석현의 문자 메시지가 떴다. 해인이는 자원봉사를 끝내고 돌아와 방에서 시를 쓰고 있었다. 장애인에게 왜 설레는 걸까? 해인이는 벌써부터 다음 주가 기다려졌다.

석현이는 베이지색 코트를 입고 있었고 여전히 수다스럽고 여성스러웠다. 석현이는 해인이를 몰래 짝사랑하면서 친구로 지내고 있었다.

"오늘 자원봉사는 잘 갔다 왔어? 어땠어?"

"석현아, 나는 장애인이 불쌍한 줄만 알았는데 그렇지도 않더라."

"왜?"

"하체불구자래서 위축되고 그럴 줄 알았는데 일반인이랑 똑같더라. 음악 하는 사람이라는데 어떤 음악 할까?"

"하체불구자면 불쌍하지, 왜 안 불쌍해."

석현이는 해인이의 마음이 뺏기고 있다는 것을 눈치채지 못한 채 해인과 대화를 나누는 지금 이 순간이 마냥 행복했다. 술 한 잔한 해인이 방금 쓴 시를 들려준다.

공백의 긴 시간 문득,

생각나는 누군가가 있다는 것은 꽤 괜찮은 일이다.

마치 혼자 떠난 여행길 기차의 창밖으로 만난

산에 핀 진달래꽃 같은

가볍게 미소 지을 수 있는 그런 설레임.

그러나 그 시간을 채우기 위해 누군가를 만나는 것만큼

그 상대에게 죄스런 일도 없다.

여행이 끝나고 일상으로 돌아왔을 때도 진달래꽃 같은

누군가가 있었으면 한다.

그리고 이젠 실패하고 싶지 않아

망설임이라는 핑계를 대고 있다.

〈진달래꽃〉

〈시 같은 만남〉

깊어가는 겨울 창밖으로 꽃송이 같은 눈발이 날린다. 경호가 휠체어에 앉아 창밖을 보고 있다. 나뭇잎 없는 가지 위에도 하얗게 눈이 쌓였다. 경호는 눈을 보면서 해인이 들려준 시를 생각한다.

"띠디딕 딕딕."

비밀번호 누르는 소리가 들리고 하얗게 눈을 맞은 해인이 크루아상 봉투를 들고 들어왔다. 빨래 향이 코끝을 스쳤다.

"경호야, 늦었지. 눈이 많이 와서 차가 거북이걸음이야."

해인은 얼어서 볼이 빨갰다.

"몸 좀 녹이고 일해. 커피 식기 전에 마시자."

해인은 경호의 눈을 보자 얼어붙은 몸이 따뜻해지는 것 같았다. 평소처럼 해인이 청소를 하는 동안 경호는 해인이 좋아하는 크림파스타를 만들었다. 아끼던 접시에 플레이팅을 하고 와인을 한 병 꺼냈다. 에스쿠도 로호, 꽃다발 같은 와인이다.

"무슨 날이야?"

"이거 들어볼래?"

해인이 지은 시가 음악이 되었다.

"내가 BLUE CITY야 누나. 나 누나 먹여 살릴 수 있어."

〈특별한 사람〉

해인은 경호를 가족들에게 인사시키기 위해 집으로 초대했다. 아빠가 대기업 간부에 형제만 4명이었다. 막내인 해인에게 결혼할 사람이 생겼다고 다들 기대하고 있었다. 경호는 오늘을 위해 양복을 갖춰 입고 구두를 꺼내 신었다. 해인의 부축을 받아 집으로 들어서자 상에 둘러앉아 있던 가족들이 할 말을 잊은 듯 아무 말도 없었다.

해인은 분위기가 무거워지자 일부러 발랄하게 그를 소개했다.

"이경호예요. 나이는 28살이고 음악 하고 있어요. 이래 봬도 유명해요."

"자자, 일단 밥 먹자."

긍정적인 엄마가 입을 열었다. 해인이 경호를 자리에 앉히자 무거운 침묵이 흘렀다.

"뭐 해 먹고살 건가?"

"아이, 아빠 음악 한다니까, 유명한 사람이라구."

"해인 씨를 사랑합니다. 제가 먹여 살릴 수 있습니다."

"우리 결혼할 거예요."

밥상에는 숟가락, 젓가락 소리만 들려왔다. 해인이 경호를 집에 데려다주고 돌아오자 가족들이 모두 기다리고 있었다.

"장애인이랑 무슨 결혼을 하니? 너 미쳤니?"

"불쌍해서 그러니?"

"부모님은 뭐 하시는데?"

"애는 어떻게 낳으려고?"

"나는 막내딸이 좋다면 좋다."

"당신, 해인이를 어떻게 키웠는데 장애인한테 시집 보내려구 그래."

몰아붙이는 가족들을 향해서 해인은 단호하게 말했다.

“그 사람은 단지 다리만 불구인 특별한 사람이에요. 누구보다 당당하고 저를 사랑해줘요. 결혼할게요.”

순백의 드레스를 입은 해인이 검은색 양복을 입고 나비넥타이를 한 경호의 휠체어를 밀고 식장으로 들어왔다. 두 사람은 세상 다 가진 듯 행복하게 웃고 있었다.

〈특별한 사람〉

내가 사랑하는 사람입니다.
그 사람은 다른 사람과 조금 다릅니다.
나를 사랑해 주는 사람입니다.
그 사람은 평범하지 않습니다.
흔한 안개꽃이 될 수 없는 한 송이 꽃입니다.
우리가 서로 사랑해야 한다면
나도 특별한 사람이 될 것입니다.

- THE END -

세상의 상처를 보듬고 아름다운 세상을 꿈꾸고 싶습니다.

호두과자가 세상에서 제일 좋아

청년 백수들이 쏟아져 나오는 공급 과부하의 시대, 목적을 상실한 채 떠도는 현대 젊은이들의 삶을 아이의 눈을 통해 조명, 미래를 위한 희망 발견.

"네가 너의 감옥으로부터 탈출한다면 희망은 분명 존재해"

웃지말아요. 셰익스피어

국경 없는 디지털 세상 유목민들의 도덕적 규범의 부재에 대한 일침.

"너의 양심을 돌아보지 못한다면 너의 미래는 없어."

거미줄 위를 걸어봐

이익을 위해 움직이는 무법의 권력집단을 꼬집고, 그들의 막무가내의 힘에 휘둘리는 이들에게 각성의 한마디. "거미줄 위를 걸어봐."

no grade

우열이 존재하지 않는 사회를 보여줌으로써 인간 각자는 고유성을 지닌 존재임을 말함.

너의 자리에서의 자유

태어남의 불평등, 인간 개개인의 능력별 사회 위치, 회사구성원의 동등한 이익분배, 욕망과 이성의 평형상태가 진정한 자유임을 말함.

적절한 배려

이 땅을 지켜온 그리고 지켜갈 정신 절개 품격에 대한 고찰-조선을 지키던 용추계곡의 용.

파트타이머

도넛 가게의 파트타이머들을 통해 현시대 청춘들을 재조명.

주말에 바다 보러 가지 않을래요?

욕심 없는 화가와 유치원 교사의 사랑 이야기.

꽃을 심는 도시 정원사

도시화에 대한 반작용으로 인한 노스텔지어, 자연주의-도시를 삭막하게 만드는 건축공무원을 짝사랑한 도시 정원사의 사랑 이야기.

소설가들

카페 「H-POTER」에 모인 소설가들의 꿈과 사랑 이야기.

너와 나의 주파수

외계 침략으로 폐허가 된 지구와 그 속에서 피어난 사랑과 희망에 대한 이야기.

엄마의 나비넥타이

한식의 마리아쥬를 꿈꾸던 소믈리에와 엄마의 추억을 찾아 떠난 여행.

피스타치오 아이스크림

7살 꼬마의 외출과 하루의 추억.

사랑의 조건

사랑에 실패하지 않을 세상의 자녀들에게 들려주는 이야기.

혼자인 아이들

그릇된 사고 인식에 대한 비판, 그리고 브로맨스.

고양이의 여정

고양이를 통해 표현한 엄마 잃은 아이들의 슬픔과 희망.

나의 팬

파트타이머 소설가의 이상과 팬의 사랑 이야기,

특별한 사람

장애인에 대한 올바른 인식, 신체장애인 음악가와 시인의 평범한 사랑 이야기.

웃지말아요. 셰익스피어

초판 1쇄 발행 2022. 7. 28.

지은이 전선아
펴낸이 김병호
펴낸곳 주식회사 바른북스

편집진행 김주영
디자인 김민지

등록 2019년 4월 3일 제2019-000040호
주소 서울시 성동구 연무장5길 9-16, 301호 (성수동2가, 블루스톤타워)
대표전화 070-7857-9719 | **경영지원** 02-3409-9719 | **팩스** 070-7610-9820

•바른북스는 여러분의 다양한 아이디어와 원고 투고를 설레는 마음으로 기다리고 있습니다.

이메일 barunbooks21@naver.com | **원고투고** barunbooks21@naver.com
홈페이지 www.barunbooks.com | **공식 블로그** blog.naver.com/barunbooks7
공식 포스트 post.naver.com/barunbooks7 | **페이스북** facebook.com/barunbooks7

ISBN 979-11-6545-806-5 03810